英明的惡龍閣下
與終於堪用的契約者
03
END
林落——著
高橋麵包——繪

序章

紅土曆七百九十五年，帕米爾帝國建國剛滿三週年。

富麗堂皇的王宮大殿中，頭戴王冠、身穿繡金線紅色大氅的偉岸男子正焦急地來回踱步，和以往冷靜沉著的形象大相逕庭。

一名內侍低頭彎著腰小心翼翼上前，鞠躬後詢問：「國王陛下，您已經好幾天沒有闔眼了，今晚是否要早點休息？」

原來，這名男子正是帕米爾帝國的建國英雄之一，也是首任國王——亞瑟。

聽了侍從的話，亞瑟不耐煩地說：「不用管我，你們累了就去休息。」接著大手一揮，讓對方退下。

侍從明白國王陛下心情不好，雖然仍是擔憂，也只能順從地退下。

此時，侍衛隊隊長經過重重通報，風塵僕僕地進到大殿來，高臺上的亞瑟立即停步，目光灼灼地看向來人，不等侍衛隊隊長說話就先出聲：「找到阿爾法特了？」

侍衛隊隊長神情凝重，躬身匆匆走到高臺前單膝跪下，才開口回答：「啟稟陛下，還沒有找到勇者大人。」

「一個活生生的人怎麼可能會憑空消失？一群廢物！」亞瑟憤怒地大聲斥喝，聲音迴盪在偌大的議事大殿，殿內的侍從和侍衛們嚇得齊齊單膝跪地，垂下頭噤若寒蟬。

首當其衝的侍衛隊隊長只能硬著頭皮回：「小鎮中有個平民表示看到勇者大人往西邊去了。」

聞言，亞瑟臉色一變：「西邊？該死！快去攔住他！」

數日後，同樣的場景，只是偉岸的國王陛下臉色更陰沉，身形也消瘦了幾分。而單膝跪在大殿中的侍衛隊隊長看起來更是受盡風霜，明明只過了幾天，卻像是蒼老了五歲。

「還沒找到阿爾法特嗎？」

「啟稟國王陛下，我們在鄰近貝里公國的村子裡發現了勇者大人，但是他堅持不和我們回帝都，還傷了不少人。」

「就算他是阿爾法特，也只有一個人，派出那麼多人馬還無法擒下？號稱帕米爾最精銳的帝都侍衛隊該裁撤掉了嗎？」亞瑟國王說到最後還不屑地哼了一聲，顯然情緒已經瀕臨爆發邊緣。

侍衛隊隊長額上的汗涔涔落下：「勇者大人劍術精湛，加上您交代過不能傷害他，侍衛隊的弟兄們施展不開，才遲遲無法拿下。」

「他是開國功臣，當然不能傷害他！這次不是有高階魔法師隨行嗎？你們可以用麻痺術啊！」

「勇者大人穿著您賜予的抗麻痺軟甲，所以麻痺術無效。」

亞瑟眉頭一皺，續道：「暈眩術？」

「勇者大人戴著您賞賜的抗暈眩頭帶。」

亞瑟的眉頭皺得更深了：「緩速術？」

「勇者大人穿著您贈送的疾風短靴。」

國王陛下陷入沉默，揉了揉有些痛的額角，抹了一把臉後問：「我什麼時候給過他那些東西了？」

「這幾年勇者大人生日的時候、立功的時候，還有彩燈節，以及其他您高興的時候，前前後後至少送過二十多項抗魔法裝備。」侍衛隊隊長長期跟隨在國王陛下身旁，對於這些事自然清楚。

「總之……」亞瑟知道過去的自己大意了，誰能想到會造成這種局面呢？他臉色一沉，「無論如何，把他帶回來！」

「屬下和弟兄們會盡力追上，並勸導勇者大人歸來。」

亞瑟不會聽不出侍衛隊隊長話裡的意思，他嘆了一口氣，手上握拳，彷彿下定決心：「不要危及性命就好。」

「是！」

一年後，同樣的大殿中，同樣的問話。

「還是沒有阿爾法特的消息嗎？」憔悴的亞瑟國王坐在鑲滿寶石的王座上，說出他已經問了無數遍的問題。

侍衛隊隊長的頭低得不能再低，這一年來的奔波讓他心力交瘁，正值壯年的他臉上竟已浮現幾絲皺紋：「屬下該死。」

講白了就是沒有任何消息，只能請罪。

這段日子在此事上屢屢無果，亞瑟已經做好了最糟的心理準備，臉色不見起伏，只是鬢角的風霜好似又白了幾分。

大殿裡陷入長長的沉默，靜得讓國王陛下的嘆息聲彷彿被放大百倍。

「算了，多半是遲了。讓侍衛隊都回來吧！不用再找了。」亞瑟國王頹然地擺擺手，艱難地說出後半句話，「我要學著——尊重他的決定。」

第一章　勇者大人的委託

時序入秋，煎熬的期中考剛剛結束。

凡諾斯教授一一唱名把批改過的考卷發下，學生們拿了自己的試卷，一個個對著上面的分數唉聲嘆氣。

發完考卷的魔法理論教授不忘板起臉，嚴肅地表示：「雖然考試什麼的沒那麼重要，但再怎麼說也應該要及格吧？畢竟連法洛同學都考滿分了。」

言下之意就是，班上最不認眞聽課的學生都考滿分了，其他人也不能考太差——可惜預期的激勵效果沒有達到，反而響起一聲聲讚歎。

「哇！」

「法洛又考滿分了嗎？」

「眞不愧是法洛！」

「我們和法洛是不一樣的啊！」

「對啊，聽說他之前在城北舊礦坑裡幫了屠龍隊大忙。」

「我還聽屠龍隊的人說，法洛的實力可能和高階魔法師差不多！」

「法洛在坦頓山脈救了大家的時候，我就覺得他很厲害了！」

同學們你一言我一語說個不停，一提起這位神祕的黑髮同學，大家都特別感興趣，即使當事人就在同一間教室裡。

凡諾斯發現自己要大家拿法洛當榜樣好像錯了，見場面即將失控，他趕緊提高音量拉回所有人的注意力：「好了好了！各位，你們能進到魔法學院就代表擁有極高的魔法潛質，雖然目前實力還有待加強，但只要認眞學習，一定可以像法洛一樣！」

聽了凡諾斯的鼓勵，大家都熱血沸騰起來，臉上洋溢著朝氣和憧憬。有些人心想，就算無法和法洛一樣，只要有一半也心滿意足了。

唯有希爾心情依舊平靜，完全沒被激勵到。畢竟人類的魔法天賦不可能和龍一樣啊！

雖然法洛不太同意凡諾斯的話，但看在同學們用崇拜的眼神瞧著自己的分上，他就不糾正教授的一點口誤了。

場面被控制住，凡諾斯清了清喉嚨，又勉勵了幾句後，開始上課。

他的講課內容看似生動，卻是天馬行空，比如「元素精靈都是傲嬌的小鬼，除了糖還要搭配鞭子才能讓他們聽話」、「施法和唱歌差不多，魔力輸出也講究輕重層次，弄錯了方法就會變成五音不全的悲劇」等等。

大家聽著聽著，理解能力開始跟不上，眼神漸漸變得渙散。

下課後，希爾闔起課本，拿著考卷研究自己究竟寫了什麼答案，怎麼會得到這種分數。

一旁的法洛同樣拿著考卷，神態輕鬆：「這次的題目很簡單，不就是魔法增幅的原理，以及冥想和精神力的關係嗎？」

希爾垮下臉，對法洛的話完全無法感同身受：「明明每個字都懂，但串在一起就不明白是什麼了……一定是題目太艱深，所以就算我熬夜念了很多天的書，還是無法及格……」

法洛瞥了眼希爾試卷上那可憐的分數，一臉不敢置信：「下次早點睡吧？反正熬夜也沒用。」

「不行，如果學期成績不及格會無法升級的，這樣就無法順利畢業了。」

無法順利畢業，就無法按計畫展開遊歷紅土大陸之旅了！

英明的惡龍閣下立刻意識到這是個很嚴重的問題，他將手搭上希爾的肩膀，語重心長地說：「絕對不能耽誤紅土大陸遊歷計畫，以後這種簡單的問題你直接問我。」

「你要教我？」

「等你自己領悟似乎不太可能。」惡龍閣下難得露出困擾的表情，「爲了如期畢業，我只好盡量想辦法教你了。」

「太好了，謝謝！」法洛之前傳授的魔力控制方式和學校教的並不同，但還是讓希爾有所成長，因此希爾懷著感激之心接受了。

這時，小蝴蝶們有志一同地靠過來，羨慕地看著法洛的滿分考卷，並且對法洛投以崇拜的目光。

「法洛眞厲害！」

「是啊！雖然我喝了很多蘋果汁，成績卻還是沒有起色。」

「我也喝了很多蘋果汁。」

「最近不知道爲什麼，連劍士學院的人都跟我們搶著買蘋果汁。」

「賣蘋果汁的鋪子因爲生意太好，多開了三間分店呢。」

「還是原本那間比較有效吧？我記得會長大人都是去那間買。」

現在買蘋果汁都要排隊等上一陣子，這令負責跑腿的希爾很困擾。他早就想問大家爲什麼突然都愛上蘋果汁了，此時聽到小蝴蝶們的討論，才想起法洛曾說過喝蘋果汁能夠提升魔法水準，看來是被後援會的成員們理解爲對讀書也有幫助了？

可是爲什麼連劍士學院的人也要跟著買蘋果汁？劍士學院裡也潛伏著小蝴蝶嗎？

「各位，蘋果汁喝再多也是沒用的啊……」希爾一臉糾結地想勸勸小蝴蝶們。

「對，必須適量。」法洛點點頭，嚴肅地表示，「一天不要超過十瓶。」

「了解，果然喝太多還是不好的。」一名小蝴蝶立刻把法洛的話抄進筆記本。

「不會眞的有人喝超過十瓶吧？」希爾驚訝地望向那名說話的女同學。如果是龍就算了，人類有辦法喝那麼多蘋果汁嗎？

「爲了提神，一瓶接著一瓶，很容易就超過了啊！」那名女同學理所當然地說，旁邊居然還有幾人附和。

希爾頓時瞠目結舌，說不出話來。

會長的少見多怪很快就被小蝴蝶們忽略，另一名小蝴蝶把握機會，趕緊詢問法洛：「要喝多久成績才會有起色呢？」

「肯定是要長期服用吧？」

「是啊，我考試前一週才開始喝，似乎效果不太好。」

「只喝蘋果汁是沒有用的，還是要念書啊！」希爾沉痛地表示，試圖喚醒法洛後援會的會員們。

不知英明的惡龍閣下是良心發現，還是對自己的蘋果汁有益論感到心虛，只見他愣了愣，露出像是在說「眞拿你們沒辦法」的笑容：「希爾說的沒錯，雖然施展魔法不是太困難的事，不過認眞研究一下還是必須的。剛好我答應了希爾要教他魔法理論，妳們就一起來聽吧。」

「太好了！」

「我一定會參加！」

「這下可以畢業了！」

小蝴蝶們都非常開心，不約而同地歡呼，引起教室裡其他同學的注意。發覺法洛等人是在討論怎樣讀書後，大家紛紛靠了過來，連高傲的海曼都一副勉爲其難的樣子走近，皺著眉頭對法洛說：「你們在討論念書技巧？雖然我不需要，不過看在同學一場的分上，我不介意聽一聽。」

法洛高深莫測地一笑，交代了句「多喝蘋果汁」，同時順手把剛看完的《和同性相處的十個技巧》遞給海曼，隨即帶著希爾離開，留下滿臉問號的海曼。

「喂！你這是什麼意思？」海曼朝法洛的背影喊。

目睹整個過程的尼爾來到海曼身邊，看見書名後神情微妙：「這本書的內容應該和念書的方法沒有關係？」

「法洛給我這本書說不定有什麼用意，我就勉爲其難看看好了。」海曼雖不情願，但又不想放棄任何一絲可能性。

尼爾微笑不語，基於對好友多年來的認識，他敢打賭海曼絕對會好好研究那本書。

海曼秉持著好東西要和好朋友分享的善意，詢問尼爾：「等我看完換你看？」

「沒關係，我就不用了。」尼爾有禮而堅定地拒絕了。

早餐時間，熱鬧的學生食堂裡，公主四人和法洛、希爾照例在坐在魔法學院二年級的長桌前端一起用餐。

今天的王室餐點一如以往那般美味，滑嫩炒蛋搭配新鮮的當季水果，以及剛出爐的核桃麵包，淋上蜂蜜後香氣撲鼻。

然而尊貴的公主殿下明顯缺乏食慾，面前的那盤餐點幾乎沒有動過。

「伊芙琳公主，您看起來狀態不太好？」海曼放下刀叉，擔心地問。

伊芙琳臉上流露出揮之不去的憂愁，沉吟片刻才委婉地說：「最近外面那些捕風捉影的傳聞，讓父王和哥哥的關係不是很好。」

莉莉絲聞言，立刻忿忿不平地開口：「那些謠言我也聽說了，明顯是對王子殿下的汙衊！安東尼哥哥怎麼會丟下整支冒險隊逃走？而且還說他的血統有問題？這是不可能的事！

國王陛下應該把那些散布謠言的人抓起來！」

「那些人說的未必不是眞的。」海曼抬起下巴，毫不留情地反駁。

「你說什麼！」莉莉絲對海曼怒目而視。

「別忘了這裡有四個人都在屠龍隊，我們被困在城北礦坑中的事可不是假的。」舒特商會的繼承人當然不是幾句話就能嚇唬的。

莉莉絲的目光掃過海曼、尼爾、法洛、希爾，最後轉向伊芙琳，見沒有人要出聲爲安東尼王子辯解，她頓時又氣又急：「安東尼哥哥不是壞人！」

「莉莉絲，妳聽我說——」伊芙琳試圖安慰好友，伸出的手卻在碰到莉莉絲時被甩開，令她始終保持優雅微笑的臉上出現短暫的錯愕。

「你們是串通好了嗎？居然沒有人幫王子殿下說話？」莉莉絲不敢置信地望著好友們，她推開了餐盤站起身，並將膝上的餐巾丟到桌上，「枉費安東尼哥哥從小就對你們那麼好！」

「莉莉絲？」公主殿下放軟語調，希望莉莉絲能冷靜點。

「以前是以前，誰說人不會變呢？」原本默不作聲的尼爾忍不住開口。

「是你們變了吧？」莉莉絲不甘示弱地回道。

「我才覺得妳變了。」海曼向來不是會在口舌上輕易屈服的人。

莉莉絲氣得漲紅了臉，幾乎就要破口大罵，但身爲家教良好的公爵千金，意識到餐廳裡有許多學生正好奇地往這裡望，她只得克制著把難聽的話硬生生吞下，「不管怎樣，我都是站在王子殿下那邊的！」說完，她不顧擔憂地看著她的伊芙琳，頭也不回地大步走出食堂。

「要走就走！最好別回來！」海曼忍不住大罵。

伊芙琳趕緊制止海曼：「別這樣對莉莉絲說話，她只是太在意安東尼哥哥了。」

從來只有海曼把旁人氣得咬牙切齒，這回難得換他被氣得滿臉通紅，好半晌還是無法平復心情，忿忿地問：「她什麼時候變得這麼不講理？」

尼爾平靜地回答：「上次舞會過後吧。」

「不過是跳了一支舞，她眞以爲安東尼喜歡她？」

尼爾慢條斯理地嚥下一口麵包，好奇地問：「難道你知道王子殿下喜歡誰？」

「當然知道。」海曼神祕一笑，得意地分享自己的觀察心得，「他只喜歡自己，根本不在乎其他人，別忘了眞實之境和城北礦坑裡的事。」

尼爾一愣，點點頭：「有道理。」

伊芙琳尷尬地聽著海曼和尼爾的對話，見他們倆似乎還要繼續說下去，她連忙插口：「別說了，安東尼哥哥畢竟是王子。」

海曼和尼爾對視一眼，明白伊芙琳是在提醒他們禍從口出，應了一聲便不再多說。幸好法洛和希爾那天同樣被困在礦坑裡，所以礦坑裡發生的事在早餐小組中不算是祕密，否則方才那番話傳到別人耳裡只怕會有麻煩。

只是伊芙琳立場爲難，一邊是照顧她的哥哥，一邊是從小到大的玩伴，幫哪邊說話都不對。只見她嘆了口氣，幽幽地直說了：「城北廢棄礦坑裡的事讓人難以置信，要不是屠龍隊全體成員都指控了哥哥，父王也不會如此傷腦筋。」

萊恩國王親自詢問了屠龍隊的許多成員，海曼和尼爾也是被國王陛下徵詢的對象，此時見伊芙琳憂慮的樣子，他們一時不知道怎麼安慰，只好沉默。

「王族就是麻煩。」默默吃著早餐的法洛下了這個結論。

聽到法洛的感想，希爾嚇了一跳，第一個反應就是拉著法洛的袖子，一邊做出噤聲的手勢一邊用氣音說：「噓！」

「沒關係。」伊芙琳勉強對法洛和希爾笑了笑。

「王子殿下的處置出來了嗎？」尼爾問。

「父王還沒決定。」公主殿下又嘆了一口氣，「只是目前他暫時不能離開王宮了。」

言下之意就是，王子殿下被禁足了。

「不要放出來害人也好，王子這種生物也是很麻煩的。」法洛又不客氣地補了一句，希爾已經不曉得該怎麼勸法洛謹言慎行了。

聞言，公主殿下站了起來。大家嚇了一跳，以爲伊芙琳發怒了，當希爾扯著法洛的袖子要他向公主道歉時，伊芙琳開口了。

「我代替安東尼哥哥向各位致歉。」說完，她對在座眾人鞠了一個躬，海曼、尼爾和希爾嚇得立刻起身，只有法洛依舊坐著。他一臉莫名其妙，不解地問：「爲什麼要替別人道歉？」

此刻希爾很難向法洛好好解釋關於人類這種代替親友致歉的行爲，而原本要指責法洛失禮的海曼和尼爾則是露出錯愕的表情，像是在說「他眞的不懂嗎」。

「我們畢竟是兄妹。」伊芙琳尷尬地笑了笑，「大家都坐下吧。」

大家重新坐定後，尼爾愼重地對公主殿下提出建言：「公主殿下，我明白您和安東尼王子兄妹情深，但請務必與王子殿下保持距離。」

以伊芙琳的聰慧，自然馬上意識到尼爾想說什麼，她的臉上流露出一絲掙扎：「難道你們相信那個傳言？」

「安東尼王子是第一任皇后殿下所生，當時是不足月早產，皇后殿下卻沒有早產體弱的狀況。即使皇后殿下產後沒多久就不幸逝世，那個傳言也並非無的放矢。」

這件事在當年是酒館和餐廳裡最熱門的話題，不過眾人僅止於懷疑，最後不了了之。

一聽到王室有這麼個內情，法洛立即豎起耳朵，興味盎然地望向伊芙琳和尼爾。有些眞實事件可是比書裡編造的故事還要精采啊！

雖然尼爾說的是伊芙琳出生前的事，然而她從小在王宮裡長大，當然不會沒聽過關於第一任皇后婚前與人有染的流言。

「既然父王仍是立安東尼哥哥為王儲，那就表示信任他。」伊芙琳堅定地表示。

「國王陛下的心思，我們不敢擅自評斷。可是這次進入眞實之境取劍，和城北礦坑的事件，未嘗不是陛下對王子殿下的考驗。」尼爾的性格謹愼沉著，從不輕易發言，這番話想必也是經過仔細思考。

無論萊恩國王是不是要考驗安東尼，王子殿下的表現顯然沒有令他滿意。

一旁的海曼感嘆地說：「如果辛西亞皇后殿下所生的二王子還活著就好了。」

「十五年來音訊全無，應該是……」尼爾的話沒有說完，但要表達的意思大家都清楚。

「可惜我對這位雙胞胎弟弟一點印象也沒有。」伊芙琳神情遺憾。

原來公主殿下有雙胞胎弟弟？希爾訝異地心想。

「我聽父親說過，多年前王宮遭竊，導致當時還小的二王子不幸被可惡的盜賊一併擄走。」海曼回憶起來。

「那名盜賊偷了什麼東西？」

「當下沒有公開，只知道二王子在那之後就徹底失蹤，沒有任何消息。」

英明的惡龍閣下認眞聽著，顯得興味盎然，而對於聞所未聞的宮廷祕事，棕髮的魔法學徒早就聽得呆住了。

「話說回來……」海曼瞇起眼睛，似笑非笑，像是幸災樂禍又像是等著看好戲：「國王陛下勢必要確認和王子殿下之間的血緣關係，如果他們確實是父子，那當然沒有任何問題。」

尼爾理所當然地接著說：「而如果安東尼王子並非王室血脈，那就沒有繼承王位的資格。」

「也就是說——王儲應該是公主殿下。」希爾倒抽一口氣，「原來如此，所以才要公主殿下和王子殿下保持距離。」

「這都是爲了避免伊芙琳遭遇危險。」海曼點頭。

「安東尼哥哥應該不會傷害我。」伊芙琳的態度依然堅定。

「人被逼急了，什麼事都可能做出來，何況是爲了王位這種散發腐臭氣味的東西。」英明的惡龍閣下一向樂於分享他對人類的觀察心得。

第一堂課是紅土大陸的歷史。

上課鈴剛響完，一向準時的山姆教授就分秒不差地踏進教室，逕自走上講臺，把手中厚重的課本放到講臺桌上後開始上課。他穿著數十年如一日的紳士三件式套裝，西裝領子上別著一個小小的金色胸章，純金打造的胸章刻的是山姆教授家的家徽。儘管家族早已不復往日榮光，但那毫不含蓄的黃澄澄光芒隨時都像在提醒後代，不能忘記家族曾經的輝煌。

他挺直背脊抬著下頷，沒翻課本，對著學生們說：「大家翻開課本第五十七頁，我們今天來談談紅土曆一千二百九十三年的滅龍戰役。」

頭髮花白的山姆教授早已將課本內容背得滾瓜爛熟，帶著課本對他來說只是一個習慣。

原本法洛正無聊地用羽毛筆在沒有任何筆記的課本上亂塗鴉，據說是在研究如何改良人類魔法學徒袍的單調樣式。當山姆教授說出今天的講課主題時，他立即停下筆，目光一掃，將注意力投向講臺中央。

「滅龍戰役？」傳說中的惡龍輕輕唸出這幾個字。

希爾聽了，趕緊低聲安撫：「已經是五百年前的事了，你別太在意。」

「我當然知道。」法洛收回目光，嘴角明顯垂下了。

「那是在紅土曆一千二百九十三年，帕米爾建國五百零一年，帕米爾第十二任國王傑瑞在任的時候。」山姆教授略顯滄桑的嗓音在教室裡迴盪，語調沉緩，彷彿帶著大家穿越時空回到五百年前。

「當時，集智慧與美貌於一身的第一公主克莉絲汀，在十八歲生日的晚宴上被惡龍帕諾米斯特所劫持，傑瑞國王心急如焚，發布了高額的懸賞金。」

趁著山姆教授喝水的空檔，法洛不以爲然地向希爾發表具有參考價值的龍族觀點：「人類以爲公主多麼珍貴，但其實對龍族來說一點用處都沒有。公主這種生物非常麻煩，她們就像黏蒼蠅紙，後頭總是跟著一票自稱勇者的蒼蠅。」

「伊芙琳公主人挺好的。」希爾不清楚當年的克莉絲汀公主如何，至少伊芙琳給人的印象極佳。而這時他突然想起，法洛也把公主親衛隊那些人看作是蒼蠅。

「又知道她好了？」法洛似乎對於曾經的僕人、如今的朋友這麼容易被欺騙感到吃味。

山姆教授在黑板上寫下年代和相關人物的姓名，接著面對學生們繼續講課：「眾多勇者爲了救出克莉絲汀公主，組隊前往坦頓山脈，要求龍族交出惡龍帕諾米斯特並且釋放公主，卻都遭到龍族首領無情拒絕，雙方發生多起衝突，傷亡慘重。後來龍族甚至宣布禁止人類進入坦頓山脈，原本位於坦頓山脈地下洞穴的矮人王國爲了避免捲入爭端，也因此往北方遷徙。」

「人類的勇者總以爲自己是正義的化身，我看那個公主說不定根本不在坦頓。」雖然希爾沒問，英明的惡龍閣下仍不吝於分享自己的看法，「而矮人就是個怕事的種族。」

「說不定有什麼誤會？」善良的希爾總是把事情往好的方向想。

「坦頓山脈橫亙於紅土大陸上，帕米爾帝國和貝里公國的貿易往來都要經過坦頓，坦頓山脈被封，那可是影響兩國經濟命脈的大事，因此這下連貝里公國也不能坐視不管了。」山姆教授抬了抬黑色的圓框眼鏡。

「應該是兩國交換了什麼利益吧？人類最擅長的就是這種事。」法洛冷冷地說。

希爾不知道該怎麼反駁，只得回應：「人類裡還有很多好人，不是什麼東西都可以拿來交換的。」

「哦？是這樣嗎？」法洛不以爲然地笑了笑。

「比如說給我再多錢，我也不會出賣你。」

法洛沉默，審視的目光在希爾臉上打量，最後才別過頭淡淡地說：「哼，我早就知道了。」

山姆教授在黑板上畫了坦頓山脈的地形圖，並標出各方人馬的位置，隨後沉聲說：「兩國一起派兵駐紮在坦頓山脈下，一同前往的包括了貝里公國的聖騎士團、帕米爾帝國的皇家侍衛隊，以及三位魔法處於頂峰的大魔導士，滅龍戰役就此展開。」

「人類的每一場戰役都是爲了自己的利益。」惡龍閣下適時點評，希爾再度尷尬不已。

「這場人龍之戰，起初人類處於極大的劣勢，後來睿智的傑瑞國王發現了龍族的弱點，用計謀令龍族最擅長的魔法力量減弱，且龍族又偏好單打獨鬥，因此兩國聯軍經過長時間的謀劃，總算將對手各個擊破，贏得勝利，重新開通了坦頓山脈。」

山姆教授將這場戰役的幾個重點和後續影響寫在黑板上，學生們跟著埋頭抄筆記，這些內容也許就是期末考的題目。

在羽毛筆劃過紙頁的唰唰聲中，一個清亮的聲音打破了寧靜：「教授，後來那位公主怎麼樣了？」

山姆教授回過頭，抬了抬鼻梁上的圓框眼鏡，緩緩地說：「克莉絲汀公主不知所蹤。」

一場讓龍族幾乎滅絕的戰役，勞師動眾、損耗國力，造成數以萬計的傷亡，最後居然還是沒有達成最初的目的。

「結果公主還是沒回來嘛。」傳說中的惡龍嗤笑一聲。

幾天後的某個下午。

雖然入秋了，白日裡仍是陽光明媚、氣溫宜人，和煦的暖陽從格子窗照進宿舍裡。

法洛坐在最喜歡的窗臺邊，翻了幾頁手上的書就開始喝起蘋果汁，同時轉頭看向窗外早已看膩的景色——除了樹梢微黃外，幾乎一成不變。

「好無聊。」

「圖書館借來的書都看完了？」

「也不是，就是日子太平淡了。」惡龍閣下把手上的《卓越冒險家：你今天冒險了嗎？》這本書隨手一擱，伸了個懶腰。

希爾看著那本書的書名，頓時有些無奈，在心裡默默記下要提醒小蝴蝶們別借這種危險書籍給法洛看。

他真的只想安穩地順利畢業，然而當擁有一個龍族朋友之後，這個願望似乎越來越難實現了。

「期中考前不是剛從城北廢棄礦坑冒險回來嗎？」

「解決了幾隻血蝙蝠、莫名其妙治療了幾個人類、在幾十公尺深的礦坑裡找到出口，這些算不上什麼冒險吧？」

可是英明的惡龍閣下，別忘了您最後因爲魔力消耗過劇而陷入沉睡啊！以您目前的狀況根本不適合冒什麼險好嗎？

「我們就休息一陣子吧？」希爾試圖用比較委婉的方式提醒法洛。

「我休息夠了，反正帕米爾境內沒什麼能威脅到尊貴龍族的魔物。」

「我們不是還要去眞實之境取某件東西？」期中考前，他們解開了阿爾法特留下的魔法石的禁制，當時開國勇者拜託了法洛這件事。只是去取個東西，應該很安全才對？

「能讓阿爾法特放了千年的東西，肯定不急，不過最近沒什麼有趣的事，去看一看也行。」英明的惡龍閣下勉強提振了下精神。

「可是我們沒有鑰匙了。」想起碧眼，希爾不禁有點難過。

「那就去找老頭拿啊，如果他不給……」法洛說著，不懷好意地笑了。

「你的意思是？」

「那就把這所學校拆了。」法洛說得輕描淡寫，彷彿這是件動動手指就能做到的事。

「不行！這樣就不能畢業了啊！」

希爾滿心無奈。順利畢業的路上眞是阻礙重重啊……

於是，法洛和希爾再次拜訪了校長。

兩人站在校長室門前，敲了敲那扇老木門。由於每次來訪室內的景象都不同，因此希爾心裡隱隱期待著。這次迎接他們的不知會是什麼場景？

「進來吧！」校長的聲音從門內傳來。

聞聲，法洛推開木門。

一踏進門內，兩人就看到一大片無邊無際的櫻花林，清新的香氣盈滿整個空間，漫天花瓣紛飛，放眼望去，淺粉嫩粉相映，暈染成一幅如畫美景。

「哇！太美了！」希爾從未見過這麼美的景色。

「雖然是假的，但看起來還不錯。」就連挑剔的法洛都忍不住稱讚。

「呵呵，就算是幻影也不妨礙欣賞。」

兩人望向科米恩的聲音所在的方向，這才發現在一棵開得特別茂盛的櫻花樹下，擺著校長室裡的那張大書桌，桌上堆滿了待批閱的文件，文件上散落著櫻花花瓣。

校長大人就坐在桌子後，朝他們親切地微笑。

一見到校長，法洛就單刀直入地說：「老頭，我要進去眞實之境。」

「別急，先坐坐。來點點心？」邊吃茶點邊談話似乎是科米恩表達慈愛的方式，且不容拒絕。

書桌前擺著幾張石椅，法洛即使不耐煩，仍只能和希爾一起過去坐下，反正校長準備的點心一向很美味。

這次的點心是粉嫩晶透的櫻花凍和厚焙煎茶，不得不說校長對於下午茶的搭配確實很有一套。

「還喜歡嗎？其實我年輕時的夢想是當一位甜點師。」科米恩注視著津津有味享用點心的兩人，關心地問。

「你應該去的。」法洛由衷地說。

「不不，校長是大魔導士，怎麼可以去當甜點師呢？」魔法造詣達到大魔導士的等級是魔法師們畢生的夢想，而大多數人的人都做不到。在希爾看來，能夠成爲大魔導士的人，怎麼可以放棄修習魔法？

「呵呵，這兩個職業差不多，沒有高低貴賤之分，只是因爲成爲大魔導士可以守護更多人，所以我才選擇學習魔法這條路。」

「那甜點師？」

「你們不就正在吃我做的點心嗎？」

希爾似懂非懂，他又吃下一口櫻花凍，感覺香甜的果凍在口中化開，沁出一股淡香，讓人心情愉悅：「眞的很好吃！」

「呵呵，喜歡就多吃一點。」

「老頭，我們可以說正事了嗎？」

校長發現法洛已經把櫻花凍吃完了，於是加了兩塊給他，接著才慢悠悠地回應：「開學的時候我不是給了希爾一把鑰匙？那把鑰匙能打開持有者去過的地方，只要你們想進去就能進去，我以爲你們要去眞實之境應該不會特地來知會我？」科米恩說著，若有深意地瞧了法洛一眼——這麼有禮貌可不像是法洛會做的事。

「碧眼，啊，這是我替那把鑰匙取的名字，它被凡諾斯教授沒收了，校長不曉得這件事嗎？」希爾驚訝地問。

「被凡諾斯沒收？他沒有告訴我。」科米恩略略提高聲調，似乎有些不悅，攤著手表示自己毫不知情。

「也許我們不用擔心？如果凡諾斯教授沒進過眞實之境，就算拿著碧眼也無法進去的。」希爾不確定地說。

「不管那把鳥鑰匙在誰哪裡，反正你這裡還有一把能進去就好。」法洛無所謂地對科米恩說。

「你們要進去做什麼？我以爲你不會想再進去了？」校長大人的第二個問題自然是針對

法洛的。

「要不是阿爾法特留了一個東西在裡面，我也不想進去。」法洛想到去年在科米恩的誘導下被迫現出原形的事，臉色不太好看。

「阿爾法特？建國勇者？」科米恩難得露出訝異的表情。

「就是你想的那位。」

科米恩嚇了一跳：「你用時間魔法回到過去了嗎？」

「我以爲人類的魔導士對時間魔法會有些概念？」

「願聞其詳。」

「時間魔法是和辛格里斯作對的魔法，暫停時間所消耗的魔力十分巨大，若要逆轉時間更是需要倍數的魔力，不是想逆轉多久就能逆轉多久。如果要逆轉千年——」法洛笑了下，篤定地說：「就算是強大的龍族也辦不到。」

「原來如此，畢竟辛格里斯一直以來都禁止人類涉足時間魔法，這方面的可靠資料非常少。」聽完法洛的說明，科米恩恍然大悟地點點頭，並沒有因爲被學生反過來指導而羞愧，「若不是穿越了千年，那顯然是阿爾法特留下了什麼訊息？」

畢竟是大魔導士，思考相當敏捷。

法洛對於原因被猜中並不意外，他認爲告訴科米恩也無所謂，便把來龍去脈說了：「希爾是那傢伙的後代，他在魔法石裡留了話給希爾，要我們幫他送一個東西去西邊。」

「西邊是指？」

「妖精森林。」貝里公國和妖精森林都在西邊，但法洛想也不想便肯定地說是妖精森林。很快，他又補充，「他算是幫過精靈王的忙，也許精靈王借過他什麼東西也說不定。」

科米恩沉吟道：「那是很遠的地方。」

「應該不是很急的事情，大不了等我遊歷紅土大陸經過妖精森林時，再順道送過去。」

不知是因爲委託人已經離世，不可能跑來客訴，還是法洛不怎麼樂意接受這個任務，希爾覺得法洛這個信差似乎太消極怠工了。

「那就不急著去拿了？」希爾疑惑地問。

「先看看是什麼東西也無妨。」法洛說得理所當然。

這下希爾又有點捉摸不到法洛的想法了，不過反正英明的惡龍閣下要先看看，那就先看看吧，能讓太過無聊的龍轉移注意力就夠了。

科米恩喝完手上的茶，思索了一會後開口：「我帶你們進去吧。」

「老頭，我們只是來借鑰匙，你不用跟著去吧？」法洛擺明了不希望校長同行。

「我和你們一起去，這樣也好有個照應。」科米恩堅持。

鑰匙在校長大人身上，而一旦科米恩固執起來，即使是傳說中的惡龍也無可奈何。

第二章　不能再僞裝成人類了？

入夜後，科米恩、法洛和希爾按著約定好的時間來到眞實之境門外。

科米恩拿出黑色長柄鑰匙打開大門，站在門前回過頭問：「法洛，你要先進去嗎？」

「我最後。」傳說中的惡龍臉色不太好看，顯然將要被迫現出原形令他不太開心，說完他又補了一句：「進去後讓開一塊地方給我。」

科米恩點頭表示沒問題：「那孩子們，我們進去吧！」

校長走在前頭，接著是希爾，棕髮的魔法學徒一踏進眞實之境就被燦爛的陽光刺得快睜不開眼，只好用手掌擋在眼睛上方。放眼望去，美麗的薔薇花海和上次來時一樣，每一朵花都明豔地綻放著。

「如果白天時進來，太陽也是這麼大嗎？」希爾好奇地問。

「呵呵，眞實之境是一個幾乎恆定不變的空間，不管什麼時候造訪都是白天。」身爲眞實之境的守護者，科米恩自然清楚這點。

說完，校長不忘提醒希爾：「我們往旁邊站一點，法洛要進來了。」

「好。」希爾趕緊跟著校長退開十幾步。

黑髮青年拖著不情願的步伐踏入，沒多久他的臉色轉白，身體不受控制地晃了晃，身形開始模糊。

「你直接解除擬人術就不必承受這些痛苦了。」科米恩一語道破。

原來法洛還試圖強撐著維持人形？

「少囉嗦！」法洛隱含痛苦地咒罵一聲。

「法洛？」希爾滿臉擔心。

即便是去年的法洛也沒能維持住人形，何況是如今失去一半生命力，又經歷一場冒險消耗許多魔力後的法洛？

果然很快，法洛的表情扭曲，一陣煙塵揚起，他終究恢復了原形。

「還說不是孩子？年輕人就是執拗。」科米恩和藹地呵呵笑著。

十幾公尺高的巨龍矗立在眼前，希爾把脖子抬得都發疼了，才能看到法洛頭上的角。再次見到那泛著黝黑光澤的堅硬鱗片、尖銳利齒還有蝠狀巨型雙翼，希爾仍覺得無比震撼，法洛的龍形實在非常有氣勢又帥氣。

傳說中的惡龍仍是初見時的樣貌，不過可能因爲得到法洛一半的生命力，希爾這回並未像前兩次那樣，因巨大的威壓而腿軟。

巨龍的黑色雙翼展開時幾乎遮住半片天空，幸好法洛只搧了下翅膀就收在背後，末端如箭鏃的尾巴焦躁地拍打著地面，但似乎注意到揚起的煙塵太大，他拍了兩下便克制地停住。

「看夠了沒？還不走？」法洛的語氣帶著明顯的不耐。

「呃？好！」希爾這才發現自己看得太過入神。

「你們要取的東西在哪裡？」科米恩問。

「不知道。」法洛回得理直氣壯。

「勇者大人只說放在眞實之境裡，卻沒說在眞實之境的哪裡。」希爾無奈地補充。對方是已經死去千年的開國勇者，想抱怨也無處說去。

「那就慢慢找吧？」

「等等，希爾，帶我去看看你們拔出劍的地方。」

「爲什麼呢？亞瑟國王的劍都拔出來交給國王陛下了。」希爾滿臉困惑。

「阿爾法特沒理由把東西藏在難找的地方，他曉得我沒有那種耐心慢慢找。說不定他還是和亞瑟一起來的，以他的個性，肯定會認爲要省麻煩的話就放在同一處。」法洛這番話雖是猜測，但用的全是肯定句，顯然很有把握。

聽起來勇者大人似乎也很了解法洛？希爾心想。

決定了目的地，三人立即行動，希爾對取劍處記憶猶新，再加上變回龍形的法洛有身高優勢，很快就找到了。

「就是這裡？」法洛的聲音裡流露出失望。

也難怪法洛會這麼問，因爲曾經插著寶劍的平臺如今空無一物，石板鋪就的平臺上有塊被利器劃花了的石碑。原本插著一把劍時還沒感覺那麼簡陋，現在什麼也沒有了，顯得特別空蕩。

「你們就是在這裡找到亞瑟國王的寶劍？」科米恩上前端詳。

「是的。」希爾點頭，他跟上科米恩，開口說明那天的經過。

法洛檢視著平臺上孤零零的石碑：「石碑下是什麼？」

「嗯？」希爾疑惑地望向法洛。

「退開一點。」

聞言，科米恩很快反應過來，拉著希爾往後退。

「掀開來看看好了。」英明的惡龍閣下說完，前爪一揮，石碑就被一股巨力掀開，露出底下埋著的一個木盒。

「哇！」希爾原本還想著被固定在地面的巨大石碑要如何搬動，沒想到法洛動一動手指——呃，動一動爪？便輕鬆解決了。

「看來真實之境是個收藏東西的好地方。」科米恩打量著那個近乎嶄新的木盒。盒子比手掌大一點，盒身的木頭紋路十分清晰，像剛製作好似的，一點也沒有埋藏千年該呈現的陳舊和腐朽。

「這就是勇者大人留下的東西？」希爾走近之後蹲下來，睜大眼睛仔細觀察，希望能看出什麼端倪。

「法洛，這是給你的。」希爾指著盒蓋上歪歪斜斜刻下的幾個字。

一條金色絲線輕柔地捲起木盒，只見那幾個字是「致吾友——法洛」。

「這麼醜的字也就他寫得出來了。」法洛低聲說，似乎有些緬懷和感傷。

希爾想起茉莉教授提過，龍族是睿智、強大，卻孤獨的種族。

一覺醒來，發現時間整整過了一千年，昔日的朋友早已離世，只存在於記憶裡，這是一種什麼樣的心情？

法洛注視著那個木盒，彷彿陷入了回憶，好半晌都沒說話。

「要打開盒子嗎？」最後，校長大人出聲打破了這片靜默。

「當然，就來看看阿爾法特留下了什麼東西。」

傳說中的惡龍這才抬起頭，魔力凝聚的金色絲線再次輕柔舞動，當絲線接觸到木盒上的鎖時，盒身浮現一閃而逝的金色符紋，「喀」的一聲，木盒的鎖被解開。

「這個盒子要依靠法洛的魔力才能開啟。」科米恩見狀點點頭，向希爾解說。

一條金色絲線托著木盒，另一條則打開蓋子，取出木盒裡的東西。

「一塊魔法石，和一封給精靈王的信？」法洛語調上揚，充滿疑惑。

看來，睿智的龍族也猜不透開國勇者要做什麼。

「勇者大人的委託是指把魔法石和信帶去妖精森林給精靈王嗎？」希爾好奇地問。

「有可能？不過這顆魔法石和之前留給你的那顆樣式一樣，應該是同樣的魔法道具，回去試看看能不能解開禁制，說不定是給你的。至於這封信加了封蠟，打開的話會被發現。如果是給別人的信就算了，精靈王那傢伙個性古怪，要是他計較起來會很麻煩，就不拆了。」

被性格正常不到哪裡去的法洛說個性古怪？到底是法洛的偏見，還是精靈王真的很奇怪？希爾回想讀過的相關紀載，現任精靈王已經一千零三十一歲了，在位期間憑藉無比的智慧帶領精靈族避開多次災禍，應該是位睿智的長者？

還有，那個原本想拆別人的信的意圖是怎麼回事？

「不可以拆別人的信啊……」希爾無力地說。

「爲什麼？既然要我幫忙送信，我總得了解信的內容比較好吧？」法洛理直氣壯。

聽了法洛似是而非的論調，希爾一時之間不知道如何反駁，只能正色表示：「總之，這樣是不好的行爲。」

「算了，我也沒有很想看，你收著。」金色絲線把魔法石和信放回木盒並且闔上蓋子，遞給了希爾。

見法洛並未堅持，希爾鬆了一口氣，依言把信收進口袋裡：「順利找到東西眞是太好了。」

「原本還期待能發生點有趣的事，如此平淡就結束眞無聊，這一趟離眞正的冒險有段非常大的距離。」法洛的語氣又變得意興闌珊。

希爾無視渴望刺激的法洛，逕自在心裡向光明神禱告——請護佑我們不要再遇到危險的事情了！

「呵呵，既然一切順利，那我們就回去吧。」科米恩笑看著兩人的互動。

三人往回走時有說有笑，校長大人還關心了一下法洛和希爾的課業。

「這次期中考狀況還好嗎？」

「哼，那還用說，那麼簡單的題目，」

「希爾呢？」

「呃，有幾個科目不太理想，但是爲了畢業，我會努力的。」棕髮的魔法學徒面有愧色，尷尬地坦承成績不佳。

「老頭，畢業不就是領一張畢業證書嗎？你就直接弄兩張給我們，對你來說應該很容易吧？」

科米恩還沒回答，希爾便先拒絕了：「不可以！」

「爲什麼？」

希爾覺得頭有點痛，該怎麼向一隻龍解釋這是不對的行爲呢？

「我想和大家一樣一步步提升實力，通過畢業考，按正常程序畢業，這樣才能無愧於心。」

「無愧於心嗎？阿爾法特也說過這種話。」

眞實之境的大門就在不遠處，但科米恩卻突然出聲：「大家停下！」

「怎麼了？」希爾完全處於狀況外。

「有人。」法洛也發現了異狀。

他們三個都在門內，爲什麼門正從外面被開啟？

一名身穿黑色高階魔法師袍的銀灰長髮男子走進來，以輕浮的語調笑嘻嘻地說：「大家好，沒想到今晚的眞實之境這麼熱鬧。」

面對凡諾斯這個不速之客，二人一龍都沉默了。

希爾當然是呆住了，而法洛則是眼神陰沉，不知是否在思考滅口計畫。至於一向掛著慈祥笑容的校長大人，此時還是笑著，只是那笑容連希爾都覺得危險。

凡諾斯像是沒察覺氣氛不對，熱情地問候：「這片薔薇花海真漂亮，你們是來賞花的嗎？和龍一起賞花可不是件容易的事啊！」

「凡諾斯，你怎麼進來的？」科米恩淡淡地問。

「我有鑰匙啊。」凡諾斯笑了笑，拿出一把樣式古樸的長柄鑰匙——正是從希爾那裡沒收的碧眼。

「那是一把能打開去過的地方的鑰匙，你以前應該沒進來過？」

「這很簡單，只要找到進來過的人就可以了。」凡諾斯依然是那副漫不經心的樣子，不過笑容似乎更加得意了，彷彿校長的話是一種稱讚。說話的同時，他往旁邊讓開兩步，露出身後的兩名學生，「比如說擁有正義感，也願意幫教授一點忙的好學生？」

「校長好。」伊恩和諾亞尷尬地向科米恩問好，他們顯然沒想到會那麼巧遇到校長、希爾，以及……一隻龍？

方才看見龍的時候，伊恩不由自主地退了一大步，踩到身後的諾亞，而被踩著的諾亞顧不上痛，他瞪圓了眼睛看著高大的巨龍，兩手摀住大張著的嘴，以免自己尖叫出聲。

反倒是凡諾斯顯得太過鎮定，舉止與平常無異，彷彿早有心理準備：「校長大人是不是該介紹一下旁邊那隻龍？你們是朋友嗎？難道他住在眞實之境裡？如果是這樣，王子殿下怎麼沒提到他見過龍呢？」

凡諾斯一連問了幾個問題，每個都讓人難以招架。

科米恩呵呵笑了幾聲，反問道：「凡諾斯，你還想在魔法學院教書嗎？」

「教授的待遇不錯，空閒的時間也很多，除了有幾個令人驚訝的學生外，沒什麼不滿意的。如果校長不趕我走，我就繼續做吧？」

科米恩揚起欣慰的微笑：「很好，既然你還想在學校裡教書，那麼聽校長的話也是應該的吧？」

「那當然。」

「交出那把鑰匙，那不是你的東西。」

「我只是想進來看看眞實之境究竟是什麼樣子，現在看過之後，已經沒有遺憾，是該把鑰匙還給您了。」凡諾斯散漫地說，抬了抬眼鏡，把鑰匙遞給校長。

「現在可以介紹一下那隻龍了嗎？沒想到能親眼見到龍，眞是不枉此生了。」凡諾斯自顧自地又把話題扯回龍身上。

要不是擔心說話會被凡諾斯認出來，法洛早就破口大罵了，不過他還是可以用眼神表達內心的不悅。

「哦，他瞪著我的樣子眞嚇人，似乎不太喜歡我？那我可得站遠一些。對了，你們是怎麼認識的？」見校長默不作聲，凡諾斯轉而詢問希爾。

「我、我不知道……」希爾結結巴巴地搪塞。

「凡諾斯。」科米恩喊了聲，他先是和藹地笑了笑，接著深吸一口氣，驀地吼道：「滾出去！」

巨大的反差把在場所有人都嚇了一大跳，首當其衝的凡諾斯愣了愣，神情無辜地說：

「您年紀大了，別生這麼大的氣吧？對身體不好啊。」

「滾！」科米恩態度堅決，不留情面。

「知道了知道了，這就走。」凡諾斯滿臉依依不捨，但還是一邊說一邊拉著伊恩和諾亞往外走。

走沒兩步，凡諾斯又停下來，像是想到了什麼事情，轉過頭來，彎起嘴角並抬手隨便敬了一個禮：「再見，校長大人、希爾，以及尊敬的巨龍閣下。」

二人一龍的注意力都放在凡諾斯身上，直到黑袍魔法師領著兩名見習劍士走出眞實之境，從外面關上大門後，才鬆了一口氣。

「校長，我們該怎麼辦？凡諾斯教授會不會把法洛的事說出去？」希爾焦急地問。

科米恩嘆了一口氣：「他應該不確定自己看到的龍是法洛，至少現在應該不能確定。」

「法洛，你要不要先離開學校？要是被發現就麻煩了。」希爾擔心地望向法洛。

黑色巨龍挺直脖子，神態威風凜凜，說出口的話也不容質疑：「哼！驕傲的龍族不會畏懼狡猾的人類。」

「如果遇上什麼事就來找我吧，我會盡力幫你們的，至少在國王陛下面前我多少算是說得上話。」

收到來自校長的善意，法洛愣了一下，別過頭語氣不自然地說：「不過是一個人類老頭，別把自己想得太厲害。」

希爾就坦率多了，他立刻開心地道謝：「謝謝校長！」

「這是我身為一個教育者該做的。」科米恩頓了頓，拿出剛剛從凡諾斯那裡收回的鑰匙交給希爾，「這把鑰匙你拿去吧，記得收好。」

「要把碧眼給我？」

「不是本來就已經給你了？現在只是物歸原主。」校長理所當然地說。

「謝謝，我會好好保管的！」希爾小心翼翼地接過鑰匙，鄭重地收進口袋裡。

法洛心情複雜地看著，不得不接受那隻鳥要回來的事實。

為了避免離開時和凡諾斯撞個正著，科米恩和希爾先一起離開眞實之境，四下查看確定凡諾斯不在，也沒有其他人之後，才讓法洛出來。

一走出眞實之境，法洛立刻變回人類的樣貌，表情明顯很不高興，冷哼了一聲：「不自量力的人類教師是想挑戰龍族嗎？」

「我會約束凡諾斯的行為，我想他應該不至於不懂得審時度勢。」校長臉色凝重。

「哼！強大的龍族不畏懼挑戰。」

「法洛……」希爾擔心地看著傳說中的惡龍。

法洛瞧了一眼伸手要扯他袖子的希爾，怒氣稍減：「走吧，今晚太掃興了。」

於是，希爾向校長告別：「校長，謝謝您今晚的幫忙，我們該回宿舍了。」

科米恩頷首，用和藹的目光注視著他的學生，聲音緩而沉地細細叮嚀：「你們放心回去吧，什麼都不要承認，我也不會把法洛的身分說出去。」

「好的，謝謝校長，那我們就回去了。」有了校長的保證，希爾的徬徨被安撫了不少，他感動地再次致謝，並且向科米恩行了道別禮。

「知道了。」法洛隨手揮了揮，轉身和希爾一起返回宿舍。

回程路上的步道兩旁種植了只在夜間綻放的紫芯花，花朵香氣沁人，在路燈的映照下光影搖曳，別具風姿，可惜兩人心事重重，無法分神欣賞。

「如果留在學校有被發現的危險，我們還是離開這裡吧？」雖然校長願意幫忙掩蓋身分，還是有被發現的可能。希爾一番思考後，仍舊認爲不能繼續留在學校了，法洛的身分一旦曝光就會遭到舉國通緝，陷入險境。

法洛救了他那麼多次，他不能自私地只想完成自己的學業。

「你不是想順利畢業嗎？」法洛不以爲然地反問。

龍族的記憶力很好，法洛當然記得希爾的這個願望，況且驕傲的龍族並不認爲弱小的人類會造成什麼威脅。

「可是——」

「別自作多情，我待在這裡是因爲我對學校的觀察還沒結束，不是因爲你在這裡。」傳說中的惡龍義正辭嚴地澄清。

「原來是這樣嗎？可是狀況這麼危險……」希爾的擔憂沒有散去，甚至看起來更爲苦惱了。

「就算被發現，我只要離開這裡就好了，沒有人攔得住我。」

「這麼說好像也沒錯。但是——」希爾無法反駁，如果法洛要走，誰能攔下他？但希爾隱隱覺得沒那麼簡單，何況法洛最近狀態並不好，時常因為魔力不足陷入昏睡。

「別那麼多廢話，明天把小蝴蝶們找來，我幫你們上課。你期末考再考砸就真的不能升級，不能如期畢業了！」

希爾眨了眨眼，怔怔地說：「……啊？好！」

原以為今晚的事情就此落幕的兩人，回到魔法學院宿舍時才發現自己想得太過簡單。那名站在宿舍門口笑吟吟瞧著他們的男子，不就是凡諾斯嗎？

「嗨！希爾、法洛！」有著銀灰長髮的教師對著兩人熱情揮手。

「教、教授好。」希爾背脊發涼，只想拔腿就跑，他實在不曉得該怎麼面對這種情況。

凡諾斯走了過來，把礙事的髮絲往腦後一撥，微微俯身湊近希爾，在他耳邊說：「我們今晚第二次見面了，真巧。」

「對、對啊！」慌了手腳的希爾只能下意識地簡短應答。

「你怎麼會在這裡？」法洛語氣不善。

聽到法洛的質問，凡諾斯抬起頭直視法洛，聳了聳肩無辜地說：「我送伊恩和諾亞回劍士學院宿舍，一時興起過來看看魔法學院的宿舍，這很正常不是嗎？」

「是嗎？」法洛當然不信，他一瞬也不瞬地盯著凡諾斯，而凡諾斯在法洛銳利的注視下依然一派輕鬆，還無所謂地推了下眼鏡，鬆鬆綁在腦後的馬尾晃了晃。

凡諾斯把法洛從頭到腳仔細打量了一遍，彷彿在研究什麼稀有物種似的，接著笑咪咪地問：「我們今晚是第一次見面，還是第二次見面呢？」

「聽不懂你在說什麼。」法洛迎著凡諾斯的視線，眼中寒芒一閃而逝。

「法、法洛——」希爾當然注意到了法洛的不悅，他趕緊拉拉法洛的袖子，希望傳說中的惡龍不要和平凡人類計較。

「是眞的聽不懂嗎？」凡諾斯微笑，灼灼目光並未從法洛身上移開。

法洛不客氣地說：「我們要回宿舍睡覺了，你想在這裡站著就站吧！」

語畢，他拉著希爾就往宿舍裡面走。

錯身而過的時候，凡諾斯幽幽說了句：「法洛同學眞是像龍一樣有個性啊。」

希爾嚇得倒吸一口氣，雖然隨即摀住嘴巴，可是已經來不及了。凡諾斯立刻看向他，像是逮到獵物般，嘴角揚起一個大大的弧度。

法洛腳步頓了頓，挑釁似的回首瞪了凡諾斯一眼，接著和希爾頭也不回地進了宿舍。

回到房間關上門後，傳說中的惡龍無奈地嘆了口氣，對徬徨無措的希爾說：「沒事了，你可以不用一臉心虛了。」

「對不起，一定被凡諾斯教授看出來了。」希爾也明白自己臉上很明顯地寫著「糟糕！被說中了」。

「不是你的錯，是他太狡猾了。」法洛解開袍子，鬆開外出服的釦子。今晚算不上冒險，精神方面卻異常疲憊。

希爾也默默換下袍子和外出服，表情依然非常沮喪。

「爲什麼凡諾斯會知道我們今天晚上去了眞實之境？」法洛突然發覺不對勁，「八成是哪裡出了問題。」

「什麼？不是巧合嗎？」還在懊悔的希爾愣愣地問。

「你和他有過什麼接觸嗎？」法洛打量著希爾，似乎想在他身上看出點什麼異狀。

「我和凡諾斯教授？除了開學時去過他的研究室，還有脫離礦坑時他拿了恢復劑給我，就沒有其他接觸了。」希爾努力回想。

「給你恢復劑？你喝了嗎？」

「喝完了，怎麼了嗎？」希爾突然心驚，凡諾斯教授應該不會在恢復劑裡下毒吧？

「放心，要是有毒你也活不到現在。」法洛看穿希爾的想法，冷靜地說。

「等等！龍族不能喝恢復劑，那我可以喝嗎？」

「你現在才想到也太遲了。」

「我那時候沒想那麼多……」希爾摸了摸自己的肚子，有些不安。

「照理說，你的身體依然是人類，只是接收龍的生命力後會有一些副作用。」法洛沉吟道。

聞言，希爾緊張地問：「什麼副作用？」

「感知變好、魔物親和性變差，毒物抗性應該也變好了。」

「毒物抗性嗎？」法洛所說的前兩項希爾已經體會過了，最後一項倒是沒什麼感覺。

「太溫和的毒藥對你已經沒用，這就不用感謝我了。」英明的惡龍閣下略顯得意地說。

「難怪之前我喝了十瓶蘋果汁都沒拉肚子，去年喝三瓶就肚子疼了。」希爾似懂非懂地點頭。不過，這和所謂的毒物抗性好像不太一樣？

「喝了十瓶？」法洛沒想到希爾變得這麼喜歡蘋果汁，難道這也是接收一半生命力的副作用？

「前陣子買多了，沒喝掉太浪費。」剛從礦坑脫困那段時間，希爾有感於活著眞好，拚命地幫法洛買蘋果汁，結果龍沒喝完的都進了希爾的胃。

原來不是出於對蘋果汁的熱愛啊。

法洛臉上失望的表情一閃而逝，隨即打起精神，裝作沒事般回到正題。

「除此之外，凡諾斯還給過你什麼？」

「我想起來了！」希爾驀地想起一樣東西。

「凡諾斯教授給過我一條銀鍊，當時他立下了誓言咒，保證這條項鍊不會傷害我和任何人。」

「給我。」法洛神色一斂，嚴肅地命令。

「怎麼了？難道誓言咒也不可信嗎？」希爾嚇了一跳，馬上伸手進衣領內拉出銀鍊，解下後交給法洛。

「如果他只是追蹤你的行蹤，那當然不算傷害人。」魔力凝聚的金色絲線將銀鍊托起，在空中翻了幾圈，法洛瞇起眼睛專注地感受著什麼，「裡面有微弱的魔法波動和紋印，在一定的範圍內，只要他呼喚這條項鍊，就可以得知你的行蹤。」

「什麼！教授為什麼要監視我的行動？剛開學的時候他就把項鍊給我了，那時我明明沒有做什麼——呃，如果差點燒掉教室不算的話。」希爾說到最後心虛起來。

「一開始可能是好奇吧？讓他誤打誤撞了。總之，這條項鍊不能留著。」法洛說完，金色絲線突然消失，銀鍊落回他的掌心。只見他修長的手指輕輕一握，鍊子瞬間化作銀粉從指縫間落下。

「對不起，又是我的錯……原來是我把凡諾斯教授帶到眞實之境的。」希爾沮喪得不得了，他不敢相信自己又再次讓法洛陷入不利的局面。

「嚴格說起來是項鍊帶他去的，不是你。」法洛試圖指出兩者的不同，希望希爾不要自責，但顯然他的安慰方式不得要領。

希爾的頭垂得更低，聲音悶悶的：「都是一樣的。而且我還在教授開口試探的時候露出破綻，我眞是太沒用了。」

法洛想了想，放棄用言語安慰，笨拙地張開雙臂給了希爾一個擁抱，不太確定地問：「是這樣嗎？人類安慰人的方式？」

法洛越是不在意，希爾就越是內疚，被自責淹沒的他，眼淚終於不受控制地奪眶而出，嘴上哽咽地道歉：「對不起。」

既然希爾沒有說這個擁抱不對，法洛就當作是對的，不過他不理解為什麼希爾還是哭了。傳說中的惡龍再次想了想，最後決定——那再抱緊一點好了。

法洛比希爾高半個頭，收了收手臂後，他的臉頰剛好貼在希爾的額頭，以略顯張揚卻讓人安心的口吻說：「被發現又如何？我可沒有那麼弱，難道你認為我打不過他？」

「我不想看到有人因此受傷。」如果屠龍隊的人發現龍就在魔法學院裡，肯定會蜂擁而至，到時候免不了一場混亂，勢必將有人員傷亡，而那些人畢竟是一起並肩作戰過的同伴。

英明的惡龍閣下對於這個答案不是很滿意，他的語調略為上揚，反問：「人不能受傷？」

「龍也不行，不想再看到你受傷了，我會很難過的。」希爾把頭埋進法洛的肩窩，腦海裡都是法洛分出一半生命力後那垂危的模樣，以及在廢棄礦坑裡因耗盡魔力倒下的畫面。

由於哭泣而斷斷續續的語句，每一句都暖暖地傳進法洛心底。

「放心，我很厲害的。」

「我好好的在這裡，你哭什麼？」

「好了，別哭了——」

法洛一連說了幾句話安撫希爾，卻仍不見效果。傳說中的惡龍覺得人類實在太難懂了，無計可施之下，他只好屈服：「我盡量不受傷就是了。」

不知是因為法洛給了承諾，還是因為被緊緊抱著很難為情，希爾總算停止哭泣，掙脫法洛的臂膀，用袖子擦掉臉上的淚痕，吸了幾下鼻子：「別忘了你答應我的。」

「擁抱後果然不哭了。」對於希爾終於變「正常」，法洛鬆了一口氣。

「我沒有哭，我只是……沒辦法接受自己的無能為力。我總是搞砸很多事情，還常常拖累你。」希爾試圖給自己找一個正當理由。

「你說的是事實。」法洛點點頭，希爾的臉瞬間又垮了下來，不過法洛隨即補充，「書上說朋友可以包容彼此很多事，既然我是你的朋友，我也會包容。」

「謝謝你的包容。」希爾一點也開心不起來。

發現希爾似乎依然悶悶不樂，法洛一邊在心裡疑惑著，一邊再次強調：「我眞的不介意，比起阿爾法特，你犯的錯根本沒什麼。」

「勇者大人做了什麼？」希爾眨眨眼，想聽聽祖先的事蹟。

「比如說迷路掉進幽暗沼澤、惹火矮人國王、弄丟求婚戒指。」法洛隨口就說了阿爾法特製造的三個大麻煩。

希爾聽完，只覺一陣無言。傳說中的開國勇者居然是災難製造機？那自己引發的這些事端，是不是可以歸咎於遺傳？

對了，爲什麼弄丟求婚戒指被擺在最後面？難道這是比掉進幽暗沼澤和惹火矮人國王還可怕的事？

頓時，棕髮的魔法學徒對於自己的厄運和開國勇者的英勇形象有了不同的體認。

而另一方面，英明的惡龍閣下也若有所思，對於人類的擁抱有了新的體悟。

「開心的時候擁抱，難過的時候也擁抱，人類的擁抱眞是太複雜了。」

希爾覺得法洛從書上理解到的知識有些似是而非，但又無從解釋起——沒有人抱那麼緊的啊！尤其是男性與男性之間！

可是該如何說明爲何男性之間很少緊緊相擁呢？希爾搖了搖頭，決定還是放棄和龍談論這件事。

接近熄燈時間，兩人各自洗漱，準備就寢。

希爾換上睡衣時，摸到外出服的口袋裡有個堅硬的物體，這才想起今晚還是有收穫的。

他拿出了魔法石：「我們還沒看看這顆魔法石呢。」

正在複習《圖解感情增溫的一百種方法》的法洛聞言，抬起頭懶懶地說：「好啊，就看看阿爾法特還留了什麼話吧。」

「上次魔法石的禁制是用我的血和你的魔力打開的，這次也這樣試試看？」希爾說完，起身去拿拆信刀，結果手才剛碰到刀柄，拆信刀就被一條金色絲線搶走。

希爾伸手抓了兩把，想要抓住華麗轉圈的拆信刀，無奈都落空，只好呆呆瞧著英明的惡龍閣下，不解地問：「怎麼了？拆信刀不夠鋒利嗎？」

法洛皺著眉頭：「我來，省得你不知輕重地流一地血，還要浪費我的魔力治療。」

希爾想了想，法洛說的確實有道理，於是他乖乖伸出手：「好的，那就麻煩你了。」

金色絲線輕輕劃過希爾的手臂，幾滴鮮紅血珠被送到魔法石上，緊接著，另一條金色絲線撫過手臂上的傷口。

治療術的白色光芒亮起，傷口一瞬間消失不見，彷彿什麼事都沒發生過。

「居然完全不痛。」希爾眨著眼睛，不敢相信這麼快就完成了。

「廢話。」

「謝謝你，法洛。」

「……不用謝。」

法洛的聲音淡淡的，有些不自然，希爾懷疑自己是不是沒聽清楚，便問：「你說什麼？」

「看看這顆魔法石。」法洛輕咳一聲，嗓音恢復了正常，示意希爾注意面前的魔法石。

金色絲線將希爾的血帶到魔法石上，但是魔法石碰到血液後卻沒有產生變化，法洛的魔力注入時也沒有出現改變，兩人遲遲等不到禁制解除的白光。

「怎麼樣？」希爾期待地盯著魔法石，就怕錯過任何一點跡象。

「鑰匙錯了，不是這個。」法洛皺著眉，似乎覺得棘手。

「居然和上次那顆魔法石的禁制不一樣？」

「不同物品的禁制不一樣很正常，要是全都一樣，被敵人得知後就什麼祕密也沒有了。」

「說的也是。那這顆魔法石該怎麼處理？」

「收起來吧，也許哪天就突然能解開了。」法洛又從書架上抽了一本《哭泣的九十種原因》，躺到床上準備來個睡前閱讀。

「如果一直解不開怎麼辦？」希爾追問之餘，瞥了一眼法洛手上的書，頓時有點尷尬。

希望書裡不要寫奇怪的東西啊……

「那就算了。」

「算了？」

「最好的方法當然是直接問阿爾法特，不過他顯然無法活那麼久。」法洛語氣平靜，只是說到最後一句話時放輕了音量，像是帶了些遺憾或緬懷的情緒。

希爾欲言又止，目前確實沒有更好的辦法，他只能默默地把魔法石收好。

隔日，希爾在「中階冥想」課堂後召集了法洛後援會的成員們，二十多人聚集在圖書館的閱覽區，不時有經過的學生投以好奇的目光。

法洛坐在長桌首位，希爾坐在次位，小蝴蝶們則各自坐在長桌兩邊，期待又興奮地望著法洛。

「今天要教什麼呢？」和希爾跳過舞的凱莉舉手發問，注視法洛的目光中充滿著對偶像的崇拜。

「我們來講一講魔法的本質。」法洛隨意靠著椅背，臉上掛著自信的笑容。

「這個一年級的時候不是上過了？」一位座位稍遠的小蝴蝶不解地問。

「噓！法洛教的和教授教的肯定不一樣。」身爲法洛頭號粉絲的梅姬出聲制止那名同學。

「當然，我怎麼會和一般人類——」傳說中的惡龍說到這裡，感覺到魔法袍的袖子傳來熟悉的扯動。他轉頭望向希爾，在希爾緊張又擔心的眼神示意下，不情願地改口：「總之，當然和課堂教的不一樣。」

眾人聞言立刻屏氣凝神，幾個坐得遠一些的怕聽不清楚，索性不坐了，改爲站到離法洛較近的位置，專注地聆聽。

「魔法本質就是互相利用、各取所需、等價交換。」

小蝴蝶們聚精會神等著法洛繼續說，梅姬和凱莉把法洛的話一字不漏地抄在筆記上後，連羽毛筆都不敢放下，也一起盯著法洛。沒想到法洛一句話說完便不再開口，和大家互看了三分鐘就無聊得開始研究圖書館的天花板裝飾。場面陷入靜默，小蝴蝶們眨著眼睛，面面相覷。

身爲後援會會長的希爾自覺有必要代表大家開口：「法洛，然後呢？」

「說完了。」

「就這樣？」大家聚集在這裡，可不是只爲了聽法洛講一句話啊！

「嗯。」法洛點頭，對小蝴蝶們笑了笑，彷彿在說「我對妳們很好吧！已經幫妳們把重點直接濃縮成精華了，妳們就不用謝我了」。

爲什麼法洛以爲只憑一句話大家就會理解？不同種族的代溝有這麼深嗎？

希爾雖然相當無語，可是小蝴蝶們都在等著，他只好放軟了語氣拜託法洛：「能不能把剛才那句話解釋一下？我沒聽懂。」

「都忘了人類的理解力不是很好。」英明的惡龍閣下喃喃說，不疾不徐地補充，「不管是元素魔法、輔助類魔法、空間魔法、時間魔法，都是一樣的。尤其是元素魔法，基本上就是透過威逼利誘以達成目的。」

「威逼利誘？」幾名小蝴蝶目瞪口呆，呈現無法理解的狀態。

「你們不是每天都在藉由冥想增加精神力？加強精神力是爲了更靈活地操控元素精靈，而訓練感知是爲了感受空間裡元素精靈的存在和魔法波動。但是你們有想過，爲什麼精神力能操控元素精靈嗎？」

「不就是很自然地運用精神力命令和操控元素精靈嗎？」希爾回答。

「那是課本上寫的。」法洛提到課本時，表情十分嫌棄，「用人類可以理解的說法就是——元素精靈以精神力爲食。」

「精神力是食物？」這個說法眾人都是第一次聽到。

「精神力能吃嗎？」

「教授好像沒說過這種事。」

「不然他們是吃空氣嗎？」法洛說得理所當然，「精神力是元素精靈的能量來源，每次施展魔法對他們來說等於是利益交換，所以精神力弱的人才會被元素精靈嫌棄。」

希爾懷疑法洛說到「嫌棄」兩字時，看了自己一眼。

「不過人類的精神力再強大，也難以達到龍族的程度，所以即使經過後天的培養和練習，也沒幾個人可以成爲大魔導士。」

「那該怎麼辦呢？」梅姬也是個專心聽講、認眞發問的好學生。

「我說過了，最簡單的方法就是和那些精靈訂契約，平常就提供精神力餵養他們，有需要時就不會因爲突然的精神力枯竭，而無法施展魔法，甚至可以施展出超越本身實力的魔法，只要契約精靈夠強大。」

小蝴蝶們一陣沉默。要找到願意和人類訂定契約的元素精靈已經不容易了，更何況是找到厲害的元素精靈。

「只有這個辦法嗎？」希爾沮喪地問。

法洛看了下希爾，才撇過頭說：「得到龍的生命力也可以，經過一段時間的適應和鍛鍊後，精神力和魔法親和性有機會和龍族差不多吧。」

「這更不可能了，怎麼會有龍把生命力分給人類呢？」一位小蝴蝶苦著臉。

而希爾的眼神亮了亮，振作起精神，小聲地對法洛說：「我會努力，不會浪費這些生命力的。」

「嗯。」傳說中的惡龍不置可否地應了一聲，嘴角的弧度上揚了些。

「那空間魔法和時間魔法的本質呢？」認眞做著筆記的希爾看著方才寫下的兩行字，期待聽到法洛的見解，畢竟這兩項幾乎被認定是龍族才能施展的魔法。

「空間魔法是以魔力強行破開空間之壁，時間魔法則是和辛格里斯作對。」

「哪一個比較困難呢？」某位小蝴蝶困惑地問。

梅姬聽了，理所當然地回答：「當然是和辛格里斯作對比較困難！」

法洛給了她一個嘉許的笑容：「沒錯，空間魔法雖然少見，但這圖書館不就是一處？而時間魔法可就不是那麼容易能見到的。」

眾人紛紛點頭，除了希爾之外，在場的小蝴蝶們的確都沒見過時間魔法，而希爾也只看過「永恆之夏」而已。噢，對了，還有校長室門上那根生鏽的鐵釘。

「時間魔法對魔力的消耗超乎想像，這也是為什麼不存在大規模時間魔法，畢竟如果可以輕易逆轉時間改變命運，那世界的秩序將會崩塌。」法洛表情認眞，一字一句地緩緩說。大規模逆轉時間是不可能的——希爾若有所思地在筆記上寫下這句話。

隨後，在梅姬的提議下，法洛針對期中考題目進行了解題演練，深入淺出地一一說明了每道試題的重點，眾人一邊點頭一邊振筆疾書。

讀書會結束，才剛走出圖書館，法洛和希爾就被叫住了。兩人轉頭望去，原來是伊恩和諾亞。

「法洛、希爾！」

經歷昨晚在眞實之境裡的意外，雙方臉上多少都有些尷尬——我行我素慣了的法洛除外。

希爾望著侷促不已的伊恩和諾亞，又看看神態自若卻不發一語的惡龍閣下，要法洛主動開口打破僵局是不可能的。

於是，善良的希爾只好先釋出善意：「伊恩、諾亞，你們也來圖書館念書嗎？」

「我和諾亞來找如何更有效率鍛鍊鬥氣的書籍。」伊恩點頭，說完和諾亞交換了眼神，像是下定了決心般，試探地輕聲問：「我們能聊聊嗎？」

「好。」

既然法洛都答應了，希爾也沒有拒絕的理由，其實四人都明白該好好談一談昨晚發生的事。在伊恩和諾亞的帶領下，他們穿過幾處比人還高的灌木叢，一起走到圖書館斜後方的小花園。這裡由於太偏僻，平常幾乎不會有人經過，是個可以放心談話的好地方。

「希爾你沒事吧？那個，昨天晚上不好意思……」諾亞抓著頭，不曉得該如何提起眞實之境裡的事。

「對不起。」伊恩乾脆地道歉。

「你們怎麼會和凡諾斯一起出現在眞實之境？」法洛開門見山地問。

「抱歉，是凡諾斯教授突然來宿舍找我們。」諾亞知道自己肯定做錯了什麼，否則一向慈祥和藹的校長大人不會勃然大怒。

「教授說想進入眞實之境看看，確認有沒有危險。」伊恩說明當時的情況。

諾亞點頭，內疚地補充：「因爲上次進去的時候裡面沒有異狀，除了一片花海，就只找到插著寶劍的石碑，而且他是教授，又說是爲了學校的安全，我們就相信了。」

見兩人無比懊惱，法洛淡淡說道：「你們太輕易相信別人了。」

「但我到現在還是不懂爲什麼校長那麼生氣。」諾亞十分困惑。

「我們沒想到希爾你和校長也在裡面。」伊恩跟著說。

「而且還有一隻龍？」諾亞顯得既興奮又害怕，「之前進去的時候沒看見龍，希爾你怎麼會遇見龍？龍是住在眞實之境裡面，還是跟著你們進去的？」

希爾的目光轉向法洛。他應該對好友們說謊嗎？畢竟法洛是龍族這件事，是絕對不能向人透露的機密。

法洛迎上好友們疑惑的目光，略略抬起下頷，勾起嘴角笑得驕傲又從容：「那時候我也在裡面，在你們面前。」

「法洛？」希爾不敢相信法洛居然主動坦承。

「什麼！」伊恩不確定自己是不是聽錯了什麼。

「你你你，你是說——」諾亞嚇得退開三步，連話都說不好了。

「如你所想。」法洛點頭。

言下之意，就是承認自己是龍。

「怎麼可能？你是開玩笑的吧？」諾亞不自覺地提高音調，伊恩雖然也一臉驚訝，但聽見諾亞毫不克制音量，他馬上皺起眉頭走到好友身邊，搭肩嚴肅告誡，「別太大聲，要是被人聽到就不好了。」

「我不認爲這是個有趣的玩笑。」法洛冷靜地回答諾亞。

「天啊，所以你眞的是龍？你、你來到格菲爾，還混進了魔法學院？你難道是……是要吃掉我們嗎？」諾亞依言壓低了聲音，但朋友是龍這個事實太超乎想像，他一瞬間甚至懷疑自己是不是在做夢。一隻龍居然來魔法學院上學，這件事本身就十分不合理，再加上從小到大從吟遊詩人口中和歷史課本裡得知太多龍族的惡行，讓他忍不住在腦中編造了一個惡龍吃掉所有學生的故事。

「諾亞，你冷靜點，法洛要是想吃掉我們的話，何必那麼麻煩？」儘管突如其來的眞相令人措手不及，伊恩在驚訝過後，很快恢復了理性思考。他明白以法洛的實力，沒必要爲了吃人混入學院。

「說不定龍就是想戲耍人類？龍族狂傲又惡劣，經常以玩弄弱小的生物爲樂……有本書裡就是這樣說的。」諾亞越說越小聲，一方面是怕法洛生氣了眞的吃掉他，一方面是因看見伊恩和希爾眼中的失望而心虛。

「如果是那本《不可不知的惡龍劣跡》，我勸你早點丟掉，裡面寫的沒一件貼近事實。」法洛臉色一沉。龍的記憶力向來很好，諾亞說的那段話就出現在他最討厭的書裡。

「……好。」諾亞顫聲答應。

即便和法洛保持了起碼五步的距離，可是諾亞發誓他見到法洛眼中閃過的強烈厭惡。天啊！怎麼會這樣？剛剛他只是把書裡的描述說出來，完全沒有要激怒一隻龍的意思啊！

「你們不要害怕，法洛人很好，就算他是龍，也是善良的龍。」希爾趕緊把法洛往後拉，以免諾亞的壓力太大，要不然諾亞抖得太劇烈，伊恩都快抓不住了。

「還記得嗎？他在去年的實作課救了整個年級的同學，不久前還把整支屠龍隊帶出礦坑。」見諾亞臉色好了點，希爾連忙列舉法洛做過的好事，希望兩位朋友就算一時之間接受不了，也不要做出傷害法洛的事。

聽了希爾的話，法洛顯得有些難爲情，卻仍裝作不在意的樣子：「別把我想得太好，我只是不小心順手救了幾個人，和你們人類歌頌的勇者是不一樣的。」

這番話倒不是謙虛，法洛行事一向隨心所欲，和以拯救人類爲職志的勇者有著很大的差別，但他確實不存在傷害人類的念頭。

「我相信法洛。」伊恩朝法洛露出友善的微笑，堅定地表明態度。

「伊恩？」希爾沒料到伊恩會這麼快就接受。

「等一下，你確定嗎？」諾亞還在驚惶不定中，他不禁懷疑到底是自己接受度太差，還是伊恩的處變不驚早已超越常人？

「小時候哥哥告訴過我，人類不過是紅土大陸上的一種生物，並不特別優越。所以當我們面對不同的種族時，應該包容、接納和尊重，不該懷有偏見。」伊恩眞誠地說。

法洛想不到伊恩會這麼表示，而且還是那個奇怪的藍髮青年教的。訝異的同時，他第一次由衷地讚美納特：「那傢伙倒是把弟弟教得很好。」

伊恩神情驕傲：「我哥哥雖然總是一副散漫的樣子，不過他知道很多事情，他是世界上最好的哥哥。」

「伊恩，你這麼說納特知道也不會高興的。」諾亞在一旁看著希爾、法洛和伊恩的互動，發現三人和以前一樣融洽，法洛揭露了身分後也沒有要吃人的意思。他心下稍安，聽了伊恩的話，就忍不住吐槽一句。

伊恩不解地問：「我哪裡說錯了嗎？」

「呃……除了最後一句誇張了點之外，大致沒錯。」既然好友認眞地問了，諾亞也只好認眞地回答。

希爾忍不住噗哧笑出聲，法洛也無奈地看向希爾，那表情好像在問「人類的兄弟都是這個樣子的嗎」。

接收到法洛的疑惑，希爾連忙搖頭。人類的兄弟之間並不一定有這麼深刻的羈絆。

「諾亞，你是不是也能相信法洛呢？」伊恩抓住機會，趁著氣氛總算不再緊繃時趕緊問。

「雖然還是難以置信，可是都相處這麼久了……再加上我們還並肩作戰過，沒道理因為這點……呃，這點小事就全盤否定。」諾亞說完，用探詢的目光望著伊恩，伊恩會意，回了一個鼓勵的眼神，拍拍好友的背，「放心。」

於是，諾亞戰戰兢兢地走上前，朝法洛伸出手：「法洛，如果你不介意我是人類的話，我們繼續當朋友？繼續一起喝蘋果汁，一起冒險？」

法洛瞧了瞧那雙手，臉上閃過一絲猶豫。

一旁的希爾緊張得心臟都要跳出來了，他輕聲問：「怎麼了？」

「書上說握手是禮貌、寒暄，有時甚至是敷衍。我認為這種場面如果是朋友，應該給予擁抱，雖然我不知道為什麼不太想抱他。」

原來是這個問題！但這根本不是問題！見諾亞一副惶惶然的模樣，希爾趕緊對法洛使眼色：「那就擁抱！」

「你會吃醋嗎？」

「不會。」希爾用力搖頭，明確地表達態度。

「人類的禮節眞麻煩。」

法洛只好上前給了諾亞一個敷衍的擁抱——他身子稍微前傾，手臂輕輕拍了一下對方的背就分開。

諾亞沒有察覺法洛的擁抱欠缺誠意，臉上浮現笑容：「哇！我也和法洛擁抱過了，他不討厭我嘛！」

法洛神情無奈，誰說他討厭諾亞了？雖然沒有像對希爾那麼喜歡，但希爾畢竟曾是他唯一的僕人，地位不可取代，所以不能放在一起比較。

這時候，上課鐘聲悠悠響起。

伊恩和諾亞臉色一變，伊恩立刻緊張地說：「糟糕，要遲到了！」

「辛克萊教授會殺了我們的！」諾亞更是慌張地嚷嚷。

「這麼可怕嗎？」希爾有些訝異，那位有名的大劍士居然這麼嚴格？

「我們要去上劍術課，先走了！」

「週末在希望之秋聚會再聊吧！」伊恩和諾亞一邊往外跑，一邊揮手道別。

第三章　研究室裡的羊皮卷

銀灰長髮的高瘦教授在黑板上寫下一條條魔法構成公式，學生們專注地抄著筆記，偌大的階梯教室裡只有「喀答喀答」的粉筆書寫聲。

寫完黑板，凡諾斯隨意在自己的高階魔法師袍上擦了兩下手，無視粉筆灰在袍子上留下印子。他轉身面對學生們，抬了抬那經常滑落的眼鏡，微笑說道：「各位同學都理解了嗎？有沒有人可以把旋風術的魔法組成和運作原理敘述一次呢？」

教室裡一片靜默。

凡諾斯的目光掃過全班學生，最後落在末幾排一位正無聊地翻著課外書的黑髮少年身上。那名學生不只心思不在課堂，看他嘴巴開闔的樣子，還像是正在和鄰座同學抱怨著什麼。

「法洛，你向大家說明一下吧？」凡諾斯語調輕鬆，雖然法洛擺明了沒在認眞上課，教授臉上仍不見怒意。

突然被點名的法洛停下和希爾的單方面討論，不悅地抬頭望向站在講臺中央的凡諾斯。

「說什麼？」

希爾聞言，連忙把凡諾斯剛才的提問複述一次，並低聲提醒法洛回答教授的問題時，要起立表示尊重。

「這題太簡單了。」法洛不滿地說，不認爲自己應該被問這種程度的問題。

對於法洛顯得傲慢的發言，凡諾斯不以爲意：「如果你覺得這個問題太簡單，那我對於魔法有幾個不懂的問題想問問你，可以嗎？」

教室裡一片譁然。有哪個老師會在課堂上承認自己有不解之處，並且向學生請教？

「說吧。」傳說中的惡龍倒是無所謂，他本來就認爲自己懂得比人類還多。

「你覺得龍能夠變成人嗎？」凡諾斯笑容可掬。

凡諾斯說完，希爾立刻看向法洛，法洛臉上冷漠得沒有任何表情，嚇得希爾把想拉法洛袖子的手又縮了回去。他默默盤算，如果眞的打起來的話，他該帶著法洛往哪裡逃？

至於法洛，他自然發現了凡諾斯笑容下的試探，而且這個試探明目張膽得近乎挑釁。雖然不悅，但他從不畏懼任何挑戰，甚至開始感覺這堂課變得有趣多了。他愉快地揚起嘴角，迎上凡諾斯審視的目光：「《不可不知的惡龍劣跡》裡不是有紀錄嗎？擬人術對龍族而言，並不是太困難的魔法。」

一旁的希爾聽得心驚膽戰，先是驚訝於凡諾斯教授尖銳的問題，接著又不敢相信法洛居然把《不可不知的惡龍劣跡》看完了——那本書明明早就被他藏到床底下了。

凡諾斯點點頭，笑意不減，繼續提問：「如果龍混在人類之中，要如何辨認呢？」

希爾原以爲法洛不會回答，沒想到英明的惡龍閣下冷笑一聲，無畏地略略抬高下巴。從希爾的角度望去，法洛的側臉不僅非常帥氣，更是氣勢逼人。

「當然是有辦法的，這就要看是龍族的僞裝技巧好，還是人類的手段高明了。」

凡諾斯臉上依然掛著笑，對法洛的答案不置可否，卻沒有打算就這樣善罷甘休，緊接著又問：「要如何讓變成人的龍現出原形？」

「你不是曉得嗎？眞實之境嘛！」法洛不甘示弱。

凡諾斯點點頭，隨即追問：「除此之外呢？應該還有別的辦法吧？」

法洛斂起笑容沉默片刻，像是在認眞思索，又像是陷入回憶，最後只說了一句：「那就要靠人類的詭計了。」

凡諾斯連問了幾個關於龍的問題，每個都十分犀利，只差沒有問法洛「你是不是龍」。身爲班上唯一的知情者，希爾屏氣凝神地聽著兩人的對答，替法洛捏了好幾把冷汗，還因爲太過緊張，把魔法袍的下襬都抓皺了。此刻，他還是沒想出能安全逃離格菲爾的方法。而不清楚發生什麼事的小蝴蝶們，既佩服又崇拜地注視著法洛。

「法洛眞是博學，連龍的事情也知道。」

「這些知識書上有寫嗎？」

「對啊！居然懂得這麼多，說不定他見過龍？」

「怎麼可能？龍在滅龍戰役後就消失了。」

「可是剛剛說到龍會擬人術，只要僞裝成人類的樣子，就不會被發現啦！」

「說的也是，就算龍出現在教室裡，我們也不會知道呢。」

「不用擔心吧，我要是天生就擅長魔法的龍，根本不會想來上這些無趣的課。」

凡諾斯對法洛的回答並不表示任何意見，只是不斷地拋出疑問，像個等著獵物踏進陷阱的獵人，極有耐心。

「人類的詭計？可以舉例嗎？」

「你這是要我教你？」

「是啊，麻煩你了。」凡諾斯笑容燦爛，猶如在和朋友熱絡地聊天。

「根據亞瑟所寫的《龍族的弱點》，首先必須確定目標，不能打草驚蛇，接著想辦法削弱他的實力——」說到亞瑟的名字，法洛的心情瞬間變差，他突然覺得這種課堂問答遊戲不好玩了，於是像老師交代課後作業般，敷衍地擺擺手，「剩下的你自己去看書吧。」

「原來你連《龍族的弱點》都看過？那可不是一般人會有興趣的書籍。法洛同學可以說明一下爲什麼你對龍族這麼有研究嗎？」

法洛站姿依然挺直，彷彿永遠不會被擊潰，聽見凡諾斯的質疑，他的笑容裡帶上一絲玩味的輕蔑，正要開口——

「叮叮鈴——」

下課鈴聲適時響起，法洛朝凡諾斯聳聳肩，一副累了不想再奉陪的態度，不等凡諾斯開口便逕自坐下。

凡諾斯不得不放棄對法洛窮追猛打，在全班同學哀怨的眼神中，他交代了大量的課後作業才吹著口哨離去，似乎心情很好。

希爾雖然也因作業量太多而苦惱，不過這場針鋒相對的問答能夠結束，他的心裡還是鬆了一大口氣，至少不用思考逃跑路線了。

至於法洛則是一臉事不關己地再度翻起原本在讀的《完美僞裝手冊——騙過人類眼睛的一百種方法》，彷彿方才被挑釁地問了許多尖銳問題的人不是他。

希爾沒辦法像法洛這樣平心靜氣，他忍不住擔憂地低聲問：「法洛，凡諾斯教授的那些問題是不是不懷好意？我們要不要告訴校長？」

「就算老頭知道了又如何？他不可能把凡諾斯永遠鎖在虛妄之境，或者餵他吃點會喪失記憶的勒弭毒菇，認眞說起來，一勞永逸的方法還是送他去見辛格里斯。」

「你不會眞的想過用這些方法吧？」希爾越聽越心驚，也許他該擔心一下凡諾斯教授的人身安全？

「方法很多，只是你肯定不會喜歡。」法洛嘆了口氣，第一次覺得當個好主人兼好朋友頗艱難。他闔起手上的書，「反正我不會和凡諾斯一起進眞實之境，不用擔心。」

法洛都這麼說了，希爾只好把煩惱放在心裡，同時默默地為法洛和凡諾斯的安全向光明神祈禱。

學生們收拾好課本文具後，紛紛起身離開座位，幾個法洛後援會的成員興沖沖地湊了過來，期盼地表示想了解更多關於龍的資訊，卻全被法洛敷衍地打發了。

「龍族已經消失五百年了，我怎麼會曉得呢？」

小蝴蝶們不由得感到失望，不死心地再問：「可是你剛剛回答教授的那些話呢？」

「書看得多就知道了，妳們應該再多看一點書。」

「比如《不可不知的惡龍劣跡》？」

「別看那種錯誤百出的書。」

可是你不是舉了書裡的內容回答凡諾斯教授嗎——小蝴蝶們相當困惑。

此時舒特商會的繼承人走了過來，他一手拎著書袋，一手拿著一本有些眼熟的書。

「我把你借我的書看完了。」海曼略顯彆扭地把《和同性相處的十個技巧》遞給法洛。

法洛幾乎忘了有這回事，接過書後敷衍地問：「哦？好看嗎？」

雖然覺得這本書怪怪的，但既然法洛詢問了，海曼還是給予客觀的評價：「有一些實用的知識，比如說關於『坦率』那一章，有助於解開很多誤會。可是我把這本書讀了三遍，還是沒找到讀書的技巧。」

他翻完了整本書，做了滿滿的筆記，雖然學習到和同性相處的技巧，似乎在與朋友相處方面有了一些啟發，但他很確定整本書都沒有提到如何念書和考試。

「哦？拿錯本了。」法洛立刻承認《和同性相處的十個技巧》的確和念書無關，卻毫無表示歉意的意思。他隨手把桌上另一本書交給海曼，只是那本書的書名也很詭異。

「《如何有效與老師周旋》？」

「我剛看完的書，你看要不要拿去研究一下？」

海曼表情古怪，他實在不確定法洛是不是認真的。

「不想看就還我。」法洛一副無所謂的態度。

越是這種態度，就越給人一種高深莫測的感覺，海曼心裡天人交戰，最後勉強點頭：

「那我就借回去看了。」

「不是還該說點什麼?」法洛瞇起眼睛,饒有興致地問,擺出等人道謝的態度。

海曼身為大商會之子,從小就是大家奉承的對象,從未在眾人面前向人道謝,這時要讓他開口並不是件容易的事。

海曼白皙的臉龐慢慢浮現紅暈,似乎非常難為情,幾度開口又閉上,最後勉強說了兩個單音:「謝……謝。」

說完,他逃也似的快步離開了。

不遠處,伊芙琳公主和尼爾正望過來,他們一邊聊天一邊等著海曼,卻不見莉莉絲,也不知道他們是不是還在冷戰。

「看來他應該有認真把坦率那章讀完。」法洛瞧著海曼的背影,嘴邊掛著促狹的笑意。

希爾沒想到法洛居然好意思調侃海曼,忍不住問:「那你有把坦率那章看完嗎?」

法洛點頭,驕傲地回答:「當然。」

看來就算好好把書讀完了,也不見得能吸收實踐啊……

假日,法洛和希爾依約來到希望之秋,伊恩和諾亞已經在鋪子裡等待,桌上擺著野莓派和白葡萄汁。身為店主的納特則是懶懶地靠著工作桌,望著空白的工作排程表打了個呵欠。

「法洛、希爾,快進來吧!」伊恩高興地迎接兩人。

「伊恩、諾亞、納特，我們來了！」希爾也開心地打招呼，而英明的惡龍閣下點點頭就當作打過招呼了。

「納特和伊恩準備了非常美味的野莓派，你們再不出現我就要忍不住先吃了。」諾亞語調誇張。

「哇！看起來眞的很棒。」希爾望著那顏色鮮豔、果肉飽滿的新鮮野莓，也覺得食指大動。

「希爾盡量吃，法洛就隨意吧？」藍髮青年親切地招呼希爾，還倒了一杯白葡萄汁遞過去，對旁邊的法洛卻冷落許多。

法洛對此視而不見，若無其事地自己拿了野莓派和白葡萄汁，並未流露任何不悅。希爾猜想也許龍族面對甜點時脾氣都會變好？

「在開始討論之前，有件事情必須先告訴你們。」伊恩看著法洛和希爾，愼重地說，「我把凡諾斯教授騙我們進眞實之境的事情告訴哥哥了。」

「啊！所以納特已經得知法洛是……」又多一個人知曉法洛是龍的事，希爾立刻縮回要拿野莓派的手，擔憂地望向納特，然而法洛一派輕鬆地享用著甜點，對於身分暴露沒有任何情緒波動，希爾頓時不禁懷疑自已的擔心是爲了誰。

察覺到希爾的目光，法洛抬起頭，以爲希爾是想了解自己對今日甜點的心得：「野莓的酸度和奶油的甜度完美融合，派皮也很脆，還算滿意。」

「我沒有要問這個……」希爾無力地回答。

「野莓派是特別去城西的『奶油糖漿』排隊買的，喜歡的話下次可以再準備。」伊恩介紹完甜點，繼續正色道：「請先原諒我沒有事先知會，但我這麼做是為了讓哥哥能幫忙出主意，我們絕對會保守祕密，為了證明這點，我們可以立一個誓言咒。」

「我也可以一起。」諾亞趕緊跟著表明立場。

納特沒有說話，他的行動就是最好的回答。只見他開始低低吟唱誓言咒的咒文，淡淡的白色霧氣逐漸凝結，將誓言以魔法符文寫下，伊恩和諾亞也集中精神，等著在誓言咒成形時表示同意。不懂魔法的人想立誓言咒的話，需要能夠施展魔法的人協助，只要同意誓言咒所述即可。

此時，一條金色絲線打斷了進行中的誓言咒。

「不用了，我相信你們。」法洛已經吃完手上的野莓派，嘴邊還沾了點奶油，他的目光轉向伊恩，「再給我一塊野莓派。」

「好的。」伊恩把一片野莓派分給了法洛，而納特、諾亞和希爾在短暫的訝異後，也紛紛吃起自己那塊野莓派。

一場立誓大會就這樣突然中止。

連龍也覺得好吃的藍莓派一定要吃的，再不吃可能全部都要被龍吃掉了？

「我早就猜到法洛或許是龍，畢竟他是那麼與眾不同。」納特笑著向法洛說，「你好啊，來自尊貴龍族的朋友。」

英明的惡龍閣下只是別開頭，哼了一聲：「裝模作樣，可疑的傢伙。」

納特不以為意：「能被龍特別對待，應該是一種讚賞吧？」

享用美食是必須的，不過大夥也沒忘記今天聚會的主題。

希爾率先問：「關於凡諾斯教授，你們怎麼看？」

「一開始以為他是個關心學生的好老師，沒想到會利用我們幫他打開眞實之境的門。」說起凡諾斯，諾亞便心情複雜，思考單純的他想不透事情怎麼會這樣發展。

「在得到更多線索前，我無法判斷他是不是好人。」伊恩的臉上流露出困擾。

「肯定不會是好人。」法洛逕自下了結論。

「哥哥覺得呢？」伊恩總是以納特的意見為依歸，理所當然地徵詢納特的想法。

「進入眞實之境尋找寶劍那晚，他突然出現在那裡，當時我就感覺這個人有點問題。」納特的手指輕輕敲著桌面。

「那是因為他給了希爾一條鍊子，上面附帶了可供追蹤的印記。」法洛簡單地說明。

「對不起。」希爾低聲道歉，在場當然沒有人責怪他。

「也就是說，凡諾斯教授一開始的目標是希爾？」諾亞驚呼。

「畢竟曾經差點燒掉教室，引起注意也是正常的。」法洛淡定地說。

「哦？」納特給了希爾一個讚賞有加的眼神，「滿厲害的嘛！」

「我不是故意的。」棕髮的魔法學徒試圖解釋些什麼。

「希爾，我們明白那是個意外。」伊恩安撫了希爾後，偏頭困惑地看著納特，「哥，你剛剛是在稱讚希爾嗎？」

藍髮青年不好意思地咳了聲，解釋道：「能差點燒掉教室，那表示魔力很強大，是好事。」

伊恩接受了這番解釋，點頭附和：「希爾越來越厲害了。」

「現在還說不上厲害，我會努力的。」希爾趕緊否認。

「放心，我會教你。」法洛給了希爾一個眼神，要他放心。

「所以凡諾斯爲何會在那晚找上伊恩和諾亞，讓他們負責開啟眞實之境大門的這件事就釐清了。」納特雖然總是一副散漫的樣子，思路卻很清晰，他興致盎然地繼續說：「還記得嗎？拍賣會那天，凡諾斯用兩萬金幣買下了一瓶龍血。」

希爾記起來了，那天他和法洛以及巧遇的納特，確實在紅石商會的拍賣會中見到凡諾斯教授出手闊綽地拍下一瓶龍血。

「後來我去打聽了魔法學院教師的薪水，每個月也就一百金幣，雖然是不錯的報酬，但也沒有能讓他寬裕到隨手拿出兩萬金幣的地步。」

希爾還記得當初凡諾斯拍下龍血時，納特一臉羨慕的表情。也不知道藍髮青年是對魔法學院的教職有興趣，還是純粹對此事起疑，沒想到後來居然眞的去探聽了教授的薪水。

「也許他另有資金來源？」伊恩推敲著。

「所以凡諾斯教授還有幕後金主嘍？」希爾接口。

「是誰呢？」

「這正是我們該解開的謎題。」

「我們需要證據。」

「那就要好好想想，如果凡諾斯有什麼祕密，會藏在哪裡？」納特來了興致，眼裡閃過狡黠的光芒。

「教師宿舍？或者研究室？」

「教師宿舍不是學生可以進入的地方，研究室似乎可以試一試。」法洛冷靜地分析實踐的可能性。

「那我們就偷偷潛入？」諾亞大膽地提議，這正好也是納特和法洛心裡打的主意。

「這樣好嗎？」伊恩有些猶豫。

「已經顧不上那些了，如果找到證據就交給校長，說不定我們還能幫上學校一個大忙？」諾亞興沖沖地說，爲學校除害這個理由足夠讓他熱血沸騰。

「去就去，想那麼多做什麼？」法洛果斷地表示。

「實現正義有時必須用點手段。」納特把伊恩拉到一邊，對弟弟進行再教育。

「好，我們明晚就去凡諾斯教授的研究室探險吧！」

決定了冒險計畫，眾人開始討論集合的時間和方式，以及進一步的任務分配，曾經進入過凡諾斯研究室的希爾成了大家諮詢的對象。

「首先，該如何進入研究室呢？」納特提出最棘手的問題。

「對啊，我們沒有鑰匙。」諾亞頭痛地附和。

法洛露出胸有成竹的微笑：「我們當然有鑰匙。」

「爲什麼會有鑰匙？」

「凡諾斯教授怎麼會把鑰匙給你們？」

法洛對希爾眨了下眼，棕髮的魔法學徒立即會意，從口袋裡拿出一把樣式古樸典雅的長柄鑰匙：「校長把鑰匙還給我了，而且我剛好去過凡諾斯教授的研究室。」

納特眼睛一亮：「最大的問題解決了！」

討論到後來，五人有些累了，甜點和果汁也都一掃而空，於是伊恩、諾亞和希爾一起到廚房再準備一點食物。

不大的修理鋪裡，只剩下納特和法洛。雖然兩人總是話不投機，年輕的道具修復師仍試著開啟話題：「覺得人類的世界好玩嗎？」

傳說中的惡龍對納特的提問恍若未聞，逕自說了自己想說的話：「你和伊恩的感情眞是好。」

「我們是兄弟，從小一起長大，感情好很正常。」

法洛不以爲然地嗤笑一聲：「他和希爾一起拔出了亞瑟的劍，據說劍上可是有一道王室血緣限定的禁制。」

「哦？是嗎？希爾有王室血統？」納特笑了笑，避重就輕。

「希爾是阿爾法特的後代。」法洛說完，迎上納特的目光，又補了一句：「非常確定，無庸置疑。」

「開國勇者的後代啊！難怪是個富有正義感又善良的孩子。」納特語帶讚賞，看來是眞的對希爾特別有好感。

「那伊恩呢？你們又是怎麼相遇的？我記得你們不是親兄弟。」

「突然關心起我們兄弟倆了？不過告訴你也無所謂。」納特半邊身子靠著方桌，單手支著頭，姿態無比隨興，對於法洛的問題也是懶懶地答著，「十五年前我出來玩，經過格菲爾，無意中發現一個兩歲大的孩子被丟在郊外，看起來挺可憐的，所以就撿回來養了。」

「十五年前你多大？就這麼撿了一個孩子？」就算是龍族也能判斷這有違常理。

「那時候不懂事，再加上小孩子太可愛了，尤其是當他拉著你的衣服下襬，不讓你走的時候。」

法洛想像了下，如果是希爾拉著自己的衣服不讓自己離開——好像的確會有點動搖。

於是法洛不動聲色地放棄這方面的問題，換了一個方向：「所以你不知道伊恩的父母是誰？」

納特露出困擾的表情：「我怎麼會知道呢？」

「我只要有哥哥就夠了！」伊恩剛好從廚房出來，適時打斷了這場對話。

納特表情欣慰，只是眼底似乎閃過一抹憂慮。

法洛看了一眼兩人，也不再追問。

諾亞、法洛和希爾離開希望之秋時，已近黃昏，三人在格菲爾的大街上邊走邊聊，經過市集時忍不住湊近了看看有什麼新奇的東西。

因為時間晚了，攤販們差不多要收攤回家，這時常會有令人驚喜的便宜價格，有經驗的淘貨人都會趁機撿便宜，所以市集中的人還是不少。逛得太忘我時，偶爾也會發生擦撞或者口角。

突然，碰撞聲響起，接著傳來一聲少女的尖叫，吸引了大家的注意。

「哎呀！」身穿淺粉色洋裝，披著絲質頭紗的少女被三個地痞流氓似的男子撞倒在地。

「你撞到我了！」少女指著中間的壯漢，氣急敗壞地說。

壯漢明顯不懷好意，猥瑣地笑著：「是妳故意撞過來的吧！想讓叔叔抱就說一聲。」

「看起來像是哪個貴族家的小姐啊？細皮嫩肉的。」

「要不要跟我們回家呀？」

在壯漢左右的另外兩名男子也同樣猥瑣，一開口就沒好話，且右邊那名男子還上前抓住少女的手臂，把她拖到壯漢面前：「快跟我們老大道歉！」

被蠻橫拉扯過去的少女痛得眼眶微紅，大聲怒斥：「放開我！」

「等妳道歉，我們就考慮放開妳。」

「我沒錯，為什麼要道歉？」少女不願屈服，固執地抬著頭瞪視三人。

市集裡的人看見這惡漢欺負少女的場面，都有些忿忿不平，然而三名流氓顯然都不好惹，眾人紛紛交頭接耳議論。

「東街三痞又在欺負年輕女孩了……」

「上次被關禁閉三天沒得到教訓吧。」

「是不是該叫侍衛隊過來？」

「侍衛隊趕過來要一段時間，還是去對街的劍士公會找人幫忙比較快？」

希爾一行人也注意到這場混亂，希爾指著那個被欺負的女孩，訝異地說：「那不是莉莉絲嗎？」

原本遮住女孩半張臉的頭紗掉了下來，露出那年輕漂亮的臉蛋，赫然是熟悉的面孔。

「我記得那位漂亮的女同學，是你們班的。」諾亞訝異地說。

「是的，她是休斯頓公爵的千金，去年在實作課中受了很重的傷。」對於諾亞記得莉莉絲，希爾並不感到意外。

「也是個麻煩的女人。」法洛淡淡評論，畢竟莉莉絲在傳說中惡龍的印象中不是重傷需要救治，就是在早餐時間吵得讓人無法安心用餐。

「既然是認識的人，我們去幫她吧！」諾亞說完就分開圍觀群眾大步向前，朝三名惡漢說：「放開她！」

「諾亞！」希爾沒想到諾亞說要幫忙便立刻行動，連討論作戰計畫都來不及。

「眞麻煩。」法洛不太樂意被捲進這種小事，然而眼下諾亞已經涉入，善良的希爾肯定不會不管。

「不放又怎樣？你還是見習劍士吧，學過鬥氣了嗎？」

「你打得過我們嗎？別說我們欺負弱小啊！」

「被打得爬不起來的話不要怪我們，這是你自找的，哈哈！」

三人口氣狂妄，完全不把諾亞放在眼裡。

諾亞一身見習劍士的裝束，雖然身高在同齡人裡不顯矮，可在三名惡漢面前卻矮了一個頭，再加上看似隻身一人，氣勢上明顯弱了許多。

「決鬥吧！」被三人譏笑，諾亞心裡很不高興。

「好啊，來吧！我不拿劍都可以贏你！」左邊的男子往前站了一步，兩腳一跨蹲起馬步，雙拳緊握在胸前擺出架式，全身布滿鬥氣。

這學期剛學會鬥氣的諾亞一看這場面，自然明白自己和對方實力差距懸殊，但仍咬牙說：「我會打敗你的！」

法洛隔著人群望了一眼，便對希爾說：「把諾亞叫回來吧，現在的他打不過那些人的。」

「可是……」希爾不知道該如何要諾亞回來。

在帕米爾帝國，一旦接受決鬥邀請就沒有反悔的餘地，否則會被視爲懦弱，比落敗還恥辱。

「法洛，有沒有不引人注意就能解決那些壞人的方法？」希爾躊躇地心想，體弱的自己根本無法對付三名高大的惡霸，不過傳說中的惡龍肯定會有辦法吧？

「把諾亞叫回來就好了，至於莉莉絲，我沒理由幫她。」

出於個人好惡，法洛這次完全不想幫忙。

希爾當然聽懂了法洛的意思，只能苦惱又焦急地勸說：「我們畢竟是同學，不好袖手旁觀吧？」

「你可以出手。」法洛說。

「我？」

「雖然你的魔法水準和我差得遠了，對付這種貨色還是綽綽有餘吧？」

「什麼？」希爾愣住。自己有那麼厲害嗎？

「你可是差點燒掉教室的人，我觀察過其他人，小蝴蝶們都沒有達到這等實力。」

法洛一臉認真，說的也是事實，然而希爾實在不曉得到底該哭還是該笑。

收拾起複雜的心情，希爾決定嘗試看看。他集中精神力施展魔法，低聲唸著咒語朝諾亞的對手丟了一個風刃：「懲誡之風，裂空！」

群眾只聽見一道破空聲，和諾亞對峙的那名男子隨即猛地跳開，但還是被劃傷了手臂。傷口有些大，如果他的反應再慢點，手臂可能就無法接在身上了——畢竟希爾這道風刃比一般的風刃大了五倍，簡直有如死神的鐮刀。

男子被突如其來的巨大風刃嚇到，氣極敗壞地質問外圍的群眾：「是誰？誰偷襲我？」

「好像太大了？」希爾擦著額頭上的汗，他自己也嚇了一跳。那些人雖然惡劣，不過罪不至死，他絕對沒有要殺死對方的意思。

「你果然能應付。」法洛平靜地點頭，「用能燒掉教室的魔力對付會點鬥氣的人類，還是輕而易舉的。」

希爾臉上一紅，訥訥地解釋：「我對火焰術很熟練了，不會再發生燒掉教室的事。可是這裡是市集，我怕把別人的東西燒了，才用風系魔法，一不小心又用了太多魔力——」

棕髮的魔法學徒越說越小聲，他心裡很自責為什麼無法把簡單的風刃操控好。見希爾神情沮喪，法洛不容拒絕地逕自伸手搭在他的手腕上：「你需要更有技巧地使用魔法。」

希爾感覺一股溫暖魔力傳了過來，引導著他輸出魔力和操控元素精靈。不需要任何提示，就像是再自然不過的事，兩人的魔力和精神力交融在一起，彷彿合而為一，異口同聲地輕聲唸出咒語：「懲誡之風，裂空！」

五系魔法瞬發的法洛施展風刃當然不必唸咒，希爾明白法洛是為了教導自己才跟著唸。

三名惡漢身周突然出現數十道小風刃，如蝴蝶飛舞般繞著三人打轉，且轉得越來越快，帶起一陣旋風，讓他們幾乎要站不住。抓住莉莉絲的男子慌亂之下放開了她的手，驚叫著：「這是什麼怪風？」

風刃好似有生命一般，迫近得幾乎要削掉他們的鼻尖、劃開皮膚，卻又在他們身後留下空間。三人退了一步，旋風又貼上來，讓他們只能退了一步又一步，顯然在逼著他們離開這裡。

「是魔法師吧？不要偷襲，站出來和我決鬥！」

被稱作老大的壯漢不死心地使出鬥氣防禦後，攻擊風刃，手臂卻被凌厲的風刃劃出數十道血痕。

「老大威武！光明正大的決鬥絕對不會輸！」

「用魔法偷襲真是太卑鄙了！」

壯漢身邊的兩名男子義憤塡膺地附和，嘴上嚷嚷著要光明正大地決鬥，絲毫沒反省剛剛他們欺負少女的惡劣行徑。

「快滾出來！卑劣的小人！」

「我要和你決鬥！不答應的是懦夫！」

三名惡霸說話的同時，仍被路徑毫無規律的風刃包圍著，由於鬥氣等級太低，當他們想要反擊時，接觸到風刃的地方便會被劃出一道道傷口，要不是法洛和希爾沒有下重手，三人早就無法好好站著了。

「誰要決鬥？傻子才用蠻力。」法洛自然不會稱了這幾個惡霸的意，他不以爲然地譏諷著，當然聲音很小，只有希爾聽得清楚。

希爾有點尷尬：「劍士還是很厲害的職業，不能說他們是傻子。」

法洛狡黠一笑：「這麼說的是你，我可沒說傻子是誰。」

希爾感覺自己踩到了陷阱，趕緊澄清：「我不是那個意思。」

「知道了，先解決他們。」

希爾發現法洛心情似乎很好，不禁懷疑到底是捉弄那三個人很好玩，還是捉弄自己很有趣？

「再不走，就不保證你們晚點還能用走的離開這裡了。」

三名地痞的耳邊都響起這句話——這是法洛不想引起眾人注意，施展了傳音魔法。他們露出恐慌的表情，在人群裡搜尋可惡的魔法師，雖然看見了希爾和法洛，目光卻沒有在兩人身上停留。

能把他們三人困住的魔法師，肯定至少是中階以上的水準，他們認為不可能會是一個少年。

「老大，怎麼辦？」

「我發現只要後退就不會被攻擊，不如我們先離開？」

「嗯，你說的很好。」為首的壯漢聽到這個提議，先是點頭讚許，接著又趕緊改口，「呃，不是，我想起來要回家拿個東西，絕對不是怕了！」

壯漢厚著臉皮說出這番話後，另外兩個跟班連連附和，於是三人一起飛快地離開了。

原本準備好要決鬥的諾亞茫然地看著他們的背影，沒想到難以應付的場面居然就這樣解決了。

圍觀群眾見三名地痞離開，也紛紛散去，人們只當是光明神看不過去，降下怪風把惡霸逼走，不少人都默唸著感謝的禱詞。市集恢復了平和的景象，和鋪主討價還價的繼續討價還價，收攤子的繼續收攤子。

「好了，應該會了吧？」目的達成，法洛收回魔力的同時也把手收回。

希爾正在回味方才在法洛的引導下，以有效率的方式精準控制風刃的感覺，一會後興奮地說：「我好像有點懂了！這比喝蘋果汁還有效！」

法洛本來滿臉得意，聽見希爾的話後連忙正色道：「蘋果汁還是要喝的。」

「放心，我記得，一天不要超過十瓶。」希爾給了法洛一個認眞的眼神，隨即再度陷入思索，意猶未盡的他嘴上喃喃著，「沒想到可以這樣使用魔法，更有效率更精準，而且……更輕鬆？」

「怎麼樣？我的方法比那些教授厲害多了吧。」傳說中的惡龍十分自滿。

「如果能有效率又精準地施展魔法，那我不只可以連續使用低階魔法，還可以控制好中階魔法。太好了！我一定要好好練習。」得到寶貴經驗的希爾繼續沉思。

「不去看看諾亞嗎？」雖然認真學習是件好事，但法洛覺得希爾再這麼思考下去，他在旁邊可能會無聊死，於是用了從人類書籍裡學到的委婉語句提醒——代替冷言冷語和想一掌把希爾拍醒的念頭。

「啊！差點忘了。」

希爾這才回過神來，小跑步上前和諾亞會合。兩人一起走到莉莉絲身邊，關心地問：「莉莉絲，妳沒事吧？怎麼一個人出來？」

「是你們？」莉莉絲臉上的驚訝一閃而逝，故作鎮定地解釋：「我心情不好，出來逛逛市集，想著只是出來一下子就沒帶護衛，沒想到會遇上這種事。還好有剛才那陣怪風，也謝謝你的幫忙。」

莉莉絲最後一句話是對著諾亞說的。

「舉手之勞而已。妳沒事吧？」諾亞臉上掛著笑容。

「沒事。」

「這個。」希爾從地上撿起一個用牛皮紙包裝的小包裹，遞給莉莉絲，「妳掉的東西。」

「謝、謝謝。」莉莉絲慌張接過。

「妳在市集買了什麼？」跟過來的法洛隨口插了句話。

「只是一點香料。」莉莉絲轉頭瞥了一眼市集中的鋪子。

「原來是香料，眞是個優雅的喜好。」諾亞點頭。

「我要走了，再不回去會被家裡的人發現。」莉莉絲把頭紗重新戴好，只露出一雙眼睛。

「需不需要送妳回去？」諾亞發揮騎士精神詢問。

「不用了。」莉莉絲擠出一個笑容表示感激，回絕了諾亞的好意。

「好的，那麼路上小心。」諾亞笑著說完，看著莉莉絲的背影走遠後，才露出沮喪的表情，「眞可惜。」

「你喜歡她？」法洛皺著眉頭。

「沒有，沒有！」諾亞慌亂地搖頭並揮手澄清，只是臉上浮現的紅暈似乎說明了什麼。

入夜後，學生們大部分都待在宿舍裡，但也有不少學生會在圖書館、練習場、競技場裡認眞寫作業、練劍、練習魔法。校園裡只有主要通道兩旁點著昏黃的路燈，教學區裡的建築物大多已經熄燈，只有少數幾間教授研究室還亮著。

法洛、希爾、伊恩、諾亞和納特約好在教授研究室所在的校舍旁，有著圓拱頂蓋的小涼亭碰面，這是希爾提議的。此處正好位於教授研究室校舍的斜對角，在建築物裡看不見小涼亭裡的景象，在小涼亭裡卻可以看見哪間研究室裡還有人在。

「你是怎麼混進來的？校門口的守衛都在睡覺嗎？」

「當然是從大門進來的，畢竟我是學生家長，來看看弟弟很合理。雖然八點以後不受理家長會客，不過只要準備一些點心就沒問題了。」

「這應該算是賄賂？」諾亞勇敢地提出質疑，即使對方是好友的哥哥，他仍是謹守光明神的教誨。

「我只是問他們要不要來點『奶油糖漿』的野莓派。」納特無辜地眨眼。

「然後？」伊恩接著問。

「他們吃完後就睡著了。」納特輕鬆地說。

「果然吃完甜點就會想睡覺？」希爾偏著頭問。

「吃了摻有昏迷藥劑的野莓派確實會想睡。」法洛輕笑一聲，投向納特的眼神顯然是在說「做得好」。

「哥哥？」伊恩眉頭皺了起來。

「伊恩，你聽我說——」納特瞬間收起嘻皮笑臉的態度，抓著伊恩的手，認真地解釋。

由於納特保證特殊「調味」的野莓派不傷身體，也不會導致任何後遺症，其他三人才把對學校守衛的關心放到一旁，認真起討論今晚的計畫。

去年希爾曾被賴利教授處罰整理研究室，每隔兩天下課就得往賴利的研究室跑，持續了半個學期。而今年接替賴利職位的凡諾斯也接收了賴利的研究室，所以若要在全校學生裡找一個最熟悉那間研究室的人，那肯定非希爾莫屬。

確定凡諾斯研究室的燈沒有亮後，一行人便展開行動。由希爾走在前方帶路，法洛在希爾身邊警戒，避免遇到危險來不及應變，緊接其後的是伊恩和諾亞，納特則殿後負責注意後方安全。

校園裡的建築入口在八點過後都會自動上鎖，只有教師和部分學校職員擁有鑰匙，沒有鑰匙還想無聲無息潛入幾乎是不可能的。不過希爾有碧眼，只要是去過的地方都能用碧眼打開。

一行人迅速地開啟校舍大門，放輕了呼吸和動作穿梭在樓梯和廊道間，順利抵達了凡諾斯的研究室外。

他們在門外靜靜守了十分鐘，確定沒有聽見任何聲響，希爾才小心翼翼地將碧眼插入研究室門上的鎖孔。他手上微一用力，聽到「喀」的開鎖聲，大家立刻提高警覺，擔心會有變故。

希爾推開門，輕手輕腳地往門內走了一步。

「啊。」希爾發出一聲壓抑的短促驚呼，同時身體往下陷落。

眾人嚇了一跳，伊恩和諾亞馬上將鬥氣布滿全身，拔劍對著門內，納特則迅速拿出一個魔法道具張開結界，這個結界可以阻隔聲音外傳，避免引起注意。

法洛則是第一時間拉住希爾，同時單手一揚，在礦坑裡使用過的小光球再次出現，柔和的光芒照亮了整間研究室。

研究室內的擺設映入眼簾，整個房間都是雜物，要不是門上掛著研究室的牌子，都要讓人懷疑來到雜物儲藏室了。

「謝謝，但是可以先拉我起來嗎？」希爾驚恐地看著自己腳下，那裡有一灘滑溜溜的、像是某種魔獸黏液的綠色液體。雖然法洛拉著他，他還是以肉眼可見的速度持續往下陷落，「腳下好軟，好像踩進了爛泥巴裡，我發誓我之前來的時候還沒有這個東西啊！」

「只是小型沼澤術，掉進去的人和魔物都會被腐蝕成一具骨架。」

「不要輕描淡寫地說出那麼可怕的事！」

「短時間浸泡沒有危害的。」

「快點拉我上去，拜託！」

伊恩和諾亞從法洛身後探出頭：「我們來幫忙！」

「不用了。」法洛拒絕了兩位夥伴的提議，一個帥氣的彈指，小光球便聚集起來帶著希爾輕輕浮起，「原本想教你飄浮術的，看來還是下次吧。」

「謝謝，附帶一提，我想飄浮術改天再學也沒關係。」希爾被慢慢從綠色黏液裡拉出來，他瞪著自己溼溼黏黏的褲管和腳下那灘黏液，「這灘東西是什麼？」

法洛瞧了一眼：「黏怪的黏液，沼澤術的材料，沒毒，只是看起來噁心。」

被沾上也很噁心好嗎？希爾忍住嘔吐的衝動：「你這是在安慰我嗎？」

法洛疑惑：「難道你不覺得鬆了一口氣？」

「好吧，有一點。我該怎麼把這噁心的東西弄掉？」希爾再度向法洛求救。

法洛輕笑一聲：「簡單，你有兩個選擇。」

「什麼選擇？」

「你希望穿著褲子除掉黏液呢，還是先把褲子脫掉，再把黏液弄掉呢？」

「差別是什麼？」諾亞對希爾的慘狀投以同情的目光。

「差別是要不要脫掉褲子。」伊恩認眞道。

「我認爲都可以。」納特在門外仍不忘加入話題。

「穿著褲子那個方法！」希爾毫不猶豫地做出選擇。就算在宿舍換衣服時被看過沒穿褲子的樣子，他也不想在可以穿褲子的時候光溜溜地露出下半身啊！

「好吧。」法洛看起來好像有些理解又不太理解，總之，一個彈指後，小光點變成大光點包裹住希爾的雙腿，沒多久，希爾腿上的黏液就和褲子分離，並且溶解似的消失了。最後法洛讓希爾緩緩落到乾淨的地面上。

「太好了！就像什麼都沒發生過一樣。」希爾由衷地道謝，「謝謝你，法洛。」

「書上說朋友要互相幫忙，也許你寫兩份作業就是爲了現在這個時候吧？」

希爾本想反駁，又默默把話吞了回去，現在並不是個適合導正觀念的時機。

諾亞眼神發亮：「哇！這就是淨化術吧？」

「我們可以進去了嗎？我還是擔心會有人經過。」伊恩蹙著眉。

「這麼晚了，不會有人來吧？」納特瞇著眼睛，打了個呵欠。

「可以進來了。」法洛優雅地越過地上的陷阱，走進研究室後，站到一旁讓出通道。

諾亞小心翼翼地避開黏液：「黏液陷阱真是太噁心了！」

而伊恩也輕快地躍過了陷阱，殿後的納特收起魔法道具後跟著進門，關門落鎖。

「居然在研究室裡布下陷阱，感覺凡諾斯教授更可疑了。」諾亞喃喃說。

「觸動了陷阱會不會被發現？」伊恩提問。

最後進來的納特還站在門邊，只見他側耳傾聽著外頭的動靜，聽了伊恩的提問，他給了弟弟一個讚許的笑容，認真地說：「這是一個很好的問題，但還是先想想萬一被發現了，我們要躲在哪裡吧？」

納特還沒說完，大家都聽見了——一個清晰的腳步聲突然出現在走廊上，慢慢接近。

希爾、伊恩和諾亞心頭一驚，紛紛看向門口，而法洛微微皺眉，研究室內的小光球迅速減少，只留下五個小光球跟在每個人身邊，提供最低限度的照明。

「該不會是——」

「噓！」

「怎麼辦？我們快找地方躲？」

法洛不慌不忙地對納特說：「你帶了很多魔法道具吧？是時候拿出來用了。」

納特嘖了一聲：「被你發現了，畢竟老是靠龍也不是辦法，是時候展現人類的智慧了。」

納特從袍子的口袋掏出一個袋子，將袋裡的白色藥錠分給大家，心疼地說：「這是很珍貴的隱形藥，效力可以維持一刻鐘，吃下後找個隱密的地方躲好。注意，這藥只能隱形，身體一樣有重量，不要站在會凹陷下去的地方，會被逮住的。」

語畢，他率先吃下一顆藥，身影隨即以極快的速度變淡，終至消失。

腳步聲越來越近，眾人沒時間多問，依言服下後各自散開找地方躲好，研究室內的小光球也瞬間熄滅，恢復黑暗。

幾乎是才剛躲好，大門處便傳來鎖被打開的「喀答」聲，一個高大的身影推門而入，自然地跨過了門口的沼澤術。

喃喃的唸咒聲後，研究室正中央的吊燈被點亮——進來的正是凡諾斯。

有著銀灰長髮的黑袍魔法師信步走在堆滿雜物的研究室，一邊走一邊叨念：「哎呀呀，最近收到的情書在哪裡呢？研究室裡這麼亂，東西都不好找了。」

在室內轉了一圈後，凡諾斯停在一個滿是羊皮紙的紙簍邊，開始翻找：「哪一封是茉莉寫給我的呢？」

「我應該買束花送她的，可是我哪有錢買禮物呢？無法回應茉莉的愛眞是遺憾，都怪研究魔法所需的材料太花錢了。」

「作爲一個善良又不討人喜歡的魔法師，遇到兩個老闆意見不同的時候，我也是很爲難的。要不是看在有兩份薪水的分上，我早就辭職了！」

大約翻了十分鐘後，凡諾斯像是累了，懶懶地打了個呵欠：「也許茉莉的情書不在這裡，還是早點回宿舍睡覺吧。」

走到門口時，他停下腳步，盯著小型沼澤術瞧了一會：「咦？黏液好像蒸散了些？」說著，他從門旁約一人高的櫃子裡找出一個鐵壺，往黏液灘裡補充黏液，「最後一罐了，省著點用吧，黏怪的黏液不好收集啊。」

而後他把鐵壺重新放回櫃子裡，才開門往外走。

走出研究室後，凡諾斯又退了一步回來，宛如在許願似的，對著滿屋子的雜物說：「要是研究室能有人幫忙打掃就好了。晚安。」

吊燈熄滅，研究室重新被黑暗籠罩。

四人一龍靜靜聽著腳步聲遠離，約莫過了十分鐘，諾亞忍不住開口：「應該能說話了吧？」

伊恩回應：「好像走遠了，希望他不會回來。」

「如果大家不介意的話，我想先從這個肯定放了很多臭襪子的衣櫃裡出來……」希爾的聲音悶悶的。

法洛淡淡道：「我已經出來了。」

「大家可以出來了，再過五分鐘隱形的效果就會解除。剛才凡諾斯打開櫃子差點就要碰到我了呢。」納特語氣輕鬆。

「太好了，窗簾後實在是太悶了。」諾亞開心地說。

「桌子下似乎是個不錯的選擇。」細碎的窸窣聲響起，顯然伊恩也離開了藏身處。

聽了大家躲藏的地方，希爾好奇地詢問傳說中的惡龍：「法洛，你躲在哪裡呢？」

法洛的聲音從上方傳來：「哪也不躲，不是還有飄浮術嗎？」

「這麼說是沒錯，可要是超過一刻鐘，不就會暴露了嗎？」

法洛輕笑：「到時候再說，我又不怕他。」說完，小光球再次出現，宛如活物翩翩飛舞著重新照亮研究室。

一刻鐘的時間很快就到了，四人一龍陸續解除隱形狀態，討論起凡諾斯的行徑。

「凡諾斯是不是發現了我們？」

「隱形藥絕對有效，他肯定沒發現。」

「也許是那灘黏液有問題？」

「說不定連結到他床上的枕頭，睡著了也能把他叫醒。」

「被發現又怎樣，他得有證據抓住我們，沒被抓到就是沒有。」

「總之我們千萬別再碰那灘黏液。」

「他最後那句話是不是要我們幫他整理研究室？」

「就算是也不用幫他整理！」

「我有個問題，這些光球會不會太亮了？」伊恩擔心引來其他人的注意，要是凡諾斯再回來就不好了。

「放心，我會控制讓光線不透出這個房間，外面的人不會察覺。」法洛自信地說。

自從得知法洛是龍之後，希爾以外的幾人對法洛的魔法造詣更是深具信心，既然他說沒問題，那就肯定沒問題。

希爾弱弱地舉手：「我們是不是該開始找線索了？」

納特點頭：「是該把握時間。」

「從哪裡開始找呢？」諾亞愣愣地環顧一屋子的雜物，眞的是太多太亂了。

希爾在開學的時候來過，當時他以爲凡諾斯是剛搬進來沒時間整理，過一陣子就會變得整齊。沒想到才剛過期中考不久，這間研究室卻已經亂到快分不清走道在哪裡了。

「看來我的房間挺整齊的。」納特有感而發。

「哥，這是因爲我每週都有幫你整理。」伊恩小聲提醒納特。

「剛剛應該直接把他抓起來審問。」法洛的臉上明顯寫著「我不想踏進這個垃圾堆」。

「我們按昨天分配的區域找吧。」納特出聲提醒大家，畢竟盡快完成任務，他就可以早些回鋪子裡睡覺，偷溜進帝國學院雖然可以爲平淡的生活增添一些樂趣，但要是被抓住就不好玩了。

「好！」

「只能這樣了。」

「東西比預期的多，希望能找到啊……」

諾亞、伊恩和希爾紛紛附議，於是，把凡諾斯抓起來審問的提議就這樣被無視了。

四人一龍按計畫把房間劃分爲五個區塊，各自找一塊地方。

傳說中的惡龍嘴上抱怨著，不過仍加入了尋找的行列，只見他不耐地抽出一隻襪子，喃喃地道：「研究室裡爲什麼會有襪子？而且還是臭的。」

「那個，找到襪子就算了，爲什麼要聞？」希爾來不及阻止，只能扶額無力地問。

「襪子算什麼？這裡還有長滿黴菌的橘子，我原本以爲那是一團毛線球。」諾亞無奈地說。

「這裡有一本美女畫冊，凡諾斯的品味還不錯嘛！」納特笑著翻閱畫冊的同時不忘品評。

認眞翻找的伊恩抬頭望向納特，不解地問：「哥哥的床底下不是已經有一大箱滿滿的美女畫冊了嗎？」

「是啊，都是我的寶貝。」納特笑得曖昧，心思還沉浸在手上的畫冊裡。

「我知道，我打掃完都放回去了。」伊恩淡淡表示。

藍髮青年這時才回過神來，心中警鈴大作：「不對，你還未成年，不能看那個！」

「我沒翻。」伊恩平靜地回答。

「可是封面很糟糕，只看封面也不行啊！」納特回憶著自己的收藏，記憶中的那些畫冊封面在腦海裡輪放。他居然讓正直的弟弟看了不該看的畫冊？意識到這一點，納特不由得抱頭大叫。

「我要收回那傢伙教育有方的話。」法洛對希爾說。

環顧滿屋子的雜物，諾亞有種找到天亮也找不完的感覺：「我是不是該向光明神祈禱？祈求祂指引正確的方向。」

希爾靈機一動：「我有個想法。」

「什麼想法？」伊恩對希爾投以鼓勵的眼神。

「剛才凡諾斯教授回來後在紙簍翻了很久，他會不會把重要的東西都放在那裡？」

「有可能，我來找！」伊恩神色一動，趕緊埋首在塞滿羊皮紙捲的紙簍中翻找。他小心翼翼地攤開一個個紙捲，再盡量回復原狀放回本來的位置，伊恩和諾亞也靠過去幫忙。

在重複相同的動作數十遍後，伊恩終於眼睛一亮：「我好像找到了。」

「太好了！」希爾停下動作，望著伊恩手上的羊皮紙捲。

「你怎麼知道是這捲？」諾亞湊近了打量。

「根據長期幫哥哥整理雜物的經驗，我發現這捲羊皮紙不同於旁邊的紙捲，是浸泡過特殊藥水、更爲耐用的羊皮紙，而且上頭有一個象徵王室的紋印。」

「雖然幫我整理東西是事實，不過還是替哥哥留點面子吧？」納特雖然這麼說，臉上卻不見羞愧之色。

「沒關係的，不用在意面子問題，我們早就知道了。」諾亞開朗地表示，希爾在一旁默默點頭。法洛則輕笑了幾聲，大有嘲諷的意思。

藍髮青年微微一愣，自覺面子掛不住，他尷尬地放棄辯駁，臉色一肅回到正題：「我們看看羊皮紙上寫了什麼吧。」

眾人湊近了圍在一起，伊恩小心翼翼地把紙捲攤開，露出裡面的字，正中央赫然是三個字——「找到龍」，並沒有署名。

希爾瞪大眼睛，指著那三個字顫聲說：「怪不得他去拍賣會買了龍血，還闖入眞實之境。」

「而且又問了那些關於龍的問題。」法洛沉聲補充。

「到底是誰指使的呢？」納特像是來了興致，把羊皮紙翻來覆去地仔細查看。

「如果這是王室專用紙張，那凡諾斯會不會是王子殿下派來的？」諾亞說出心中的推測。

經歷過城北廢棄礦坑事件，大家對安東尼王子都心懷芥蒂，第一個想到的可能對象自然是他。

「確實可能是王室成員，但也有可能是有辦法拿到王室用紙的人。」納特謹慎分析，對諾亞的推測有所保留。

「只能想辦法一一排除各種可能了。」伊恩點頭附和。

「果然還是要把他抓起來審問。」法洛冷冷地說。

究竟如何才能讓傳說中的惡龍打消抓人審問的念頭？希爾無奈地開口：「不行，他是學院教師，而且在帕米爾不能隨便抓人審問的。」

「雖然凡諾斯懷疑你，但目前他沒有直接證據，一切都只是懷疑。」納特的言下之意是，如果法洛強行帶走凡諾斯，那麼就坐實了他可能是龍的猜想，畢竟身爲一名少年卻擁有抓住高階魔法師的實力，不可能會是人類。

「也許我們可以先按兵不動，暗地裡觀察凡諾斯教授向誰通風報信？」伊恩提議。

「這也是個方法。」納特給了弟弟一個嘉許的眼神。

「至少確認他的目的了。」

「這張紙要帶走嗎？」諾亞看著羊皮紙。

「交給校長嗎？」希爾心想，也許可以請校長幫忙。

「沒必要給那老頭吧？」法洛並不認爲科米恩能幫上什麼。

藍髮青年輕笑一聲：「如果帶走，不就是告訴凡諾斯我們找到證據了嗎？我們先不要打草驚蛇，也好從長計議。」

「哥哥說的對。」伊恩點頭，如今凡諾斯還不曉得自己的眞正目的被發現了，這是他們的優勢。

「研究室裡這麼亂，我覺得他應該不會發現少了一張羊皮紙。」諾亞心存僥倖。

「雖然研究室裡很亂，可是凡諾斯教授很清楚東西都放在哪裡，我見過他迅速地從雜物堆裡翻出想要的東西。」希爾回憶起開學時來研究室的情景。

「那就放回去。」法洛果斷地決定。

納特點頭，轉頭問伊恩：「還記得原本怎麼放的嗎？」

「記得。」

伊恩仔細地把羊皮紙捲回去，小心翼翼放回原處，還不忘往上面撥了一點灰，僞裝成許久沒動過蒙塵的樣子。

「我們回宿舍吧？」

「好。」法洛平靜地說。

希爾心裡慶幸著，雖然不能抓住凡諾斯審問讓法洛不太開心，不過惡龍閣下至少還按捺著，沒有馬上去找凡諾斯對質。而他們獲得了有用的線索，也算不虛此行。

「太好了！走嘍！」

一行人往回走，準備離開研究室。

「小心不要踩進黏液陷阱！」

「啊！」

好像太遲了，以爲任務圓滿結束的諾亞太過開心，忘了門口有個陷阱。

「法洛，救我！對了，我要選穿著褲子的那個方式。」

傳說中的惡龍臉色陰沉，抱著手臂好整以暇地望著在黏液裡掙扎的朋友：「選擇題是給希爾的，你的話只有是非題。要救還是不救？」

「救我！沒有選擇題也沒關係！」諾亞豁出去了，只要能得救，不管哪個選項都無所謂。

伊恩安慰諾亞：「大家都是男生，沒什麼的。」

希爾善良地避開：「我去外面等你。」

納特滿臉嫌棄：「我不想看，先走了。別怪我沒提醒，我們最好在凡諾斯再次出現前離開。」

「知道。」法洛臉上早已換成促狹的壞笑，他當然不會見死不救。

這個晚上，很熱鬧。

第四章　王子的晚宴

得知凡諾斯教授的目的後，希爾每天都會叮囑法洛要注意言行，別洩漏任何會被懷疑是龍的跡象。

大概是連續幾天被提醒得煩了，英明的法洛閣下放下正在翻閱的《找到龍的八十七個小祕訣》，略為不耐地問：「看書可以嗎？」

「可以。」希爾無辜地眨眨眼睛。

得到肯定的答覆，法洛語氣稍緩：「能喝蘋果汁嗎？」

「可以。」人類也喝蘋果汁的。

得到第二個肯定的答覆，法洛的語氣恢復到和平常一樣：「和你做朋友？」

「當然可以。」

「那就沒問題了。」法洛的心情似乎又好轉了。

「總之就是不要太高調、不要引人注意、不要和凡諾斯教授起衝突、不要和別人決鬥——」

「好了，該吃早餐了。」法洛將手上的書往桌面隨手一放，一邊揉著有些痛的太陽穴，打斷了希爾的話。

兩人換上學院制服，一起前往食堂吃早餐。

剛走進食堂就有不少人把目光投向法洛和希爾，兩人現在都是校內的風雲人物。法洛是因爲一年級時連勝海曼兩次，又在實作課幫助全體一年生脫困，而且還在城北礦坑救了整隊冒險者。

至於希爾——

「快看！那個人就是差點燒掉教室的希爾！」

「哦？看起來很平凡的樣子。」

「我知道他，那個每天都去買蘋果汁的人！好幾次都差點被他買光了。」

學生們雖然皆是低聲交談，仍有幾句音量稍大，被兩人聽得清清楚楚。

「你好像也很受歡迎的樣子？」英明的惡龍閣下偏頭看著身邊的好友。

希爾瞬間石化，想解釋又無從說起，只能無力地否認：「不是這樣的，這其中一定有什麼誤會。」

魔法學院二年級的長桌前方，公主殿下和她的好友們已經入座，就連前幾天和三人鬧不愉快的莉莉絲也在，彷彿之前什麼事都沒發生過。

見到法洛和希爾，公主四人用眼神和微笑致意，說了句「早安」後，就繼續他們的話題。

「昨天在王宮裡的晚宴看到安東尼王子，是禁令解除了嗎？」尼爾問。

「太沒道理了！明明那麼有那麼多證詞都指控他！」海曼氣憤難平，切著馬鈴薯的手勁比平常還大。

「嗯，是父王的意思。」伊芙琳點頭，沒有多做解釋，看不出她對這件事情的態度。倒是莉莉絲心情很好，她神采飛揚，語調輕快地說：「陛下英明，安東尼哥哥本來就是被冤枉的。」

「也許是證據不夠充分吧？」尼爾淡淡地說，「目前所有指控都是猜測和推論，也就是說，沒有直接的證據。」

「沒有做就是沒有做，本來就沒有的事，哪來的證據？」莉莉絲反駁。

「哼！就妳相信他。」海曼不以爲然地嗤笑一聲。

眼看莉莉絲又要發難，伊芙琳趕緊出聲打圓場：「海曼，別說了，除非你有更確切的證據。」

「對！沒證據就不要汙衊安東尼哥哥。」莉莉絲這才消氣了些，對海曼不客氣地說。

海曼想回嘴，但在伊芙琳懇求的目光下，只好把話吞了回去，一肚子氣無處發洩的他臉色漲紅。

尼爾拍了拍海曼的肩，要他別太在意，接著意有所指地向所有人說：「眞相是不會改變的，只要我們有耐心，一定會等到，這段時間大家都要注意安全。」

這晚，王宮裡的議事大殿空空蕩蕩，寬敞的大殿中只有兩個人。一位是坐在王座上的壯年男子，另一位則是穿著黑色高階魔法袍，綁著鬆鬆馬尾的銀灰髮男子。

王座上的男子嗓音威嚴：「交給你的任務有進展了嗎？」

「陛下，目前還無法確定。」在高臺下恭敬彎著腰的魔法師回答。

「凡諾斯，這麼久還找不到龍，你在魔法學院裡過得太自在了是吧？把正經事都忘了？」萊恩國王明顯對前任宮廷魔法師的效率感到不滿。

「沒忘，怎麼敢忘呢？」凡諾斯神情不見畏懼，態度雖然恭謹，語調卻有股散漫勁。

萊恩早已習慣凡諾斯這副表面上禮節挑不出毛病，卻總覺得哪裡被敷衍了的樣子，不過該做的表示還是要做。他臉色一沉，語氣又重了些：「那怎麼沒有進展？」

「雖然無法確定誰是龍，但不代表沒有懷疑的對象。」

聞言，萊恩國王來了興致，勾起微笑：「哦？說來聽聽。」

「我和科米恩校長一起進入眞實之境時，看到了龍，想必就是去年那聲龍吟的來源。」

不知出於什麼理由，凡諾斯對於那晚的狀況有所保留，沒把校長、希爾和黑色巨龍其實是一夥的事說出來。

「你眞的看到龍了？」即使是見過大風大浪的國王陛下，也不禁爲這個消息感到驚訝。

「是的。」

「你們和龍發生了衝突？」

「那隻龍的脾氣不是很好，幸好在光明神的保佑下，我們順利脫身了。」

「科米恩畢竟是大魔導士，有點壓箱底的能力也是正常的，只是沒想到龍會藏在眞實之境裡。」

「不，是藏在學校裡，他肯定混入了帕米爾帝國學院，才能如此輕而易舉地踏進眞實之境。」不等萊恩提問，凡諾斯接著解釋，「根據紀載，龍可以施展擬人術，隱藏在學生之中不被發現並不難。」

「我要的是找到龍，說重點。」萊恩不耐地要求。

「一定有辨別龍的方法。」凡諾斯一臉恭敬地賣關子。

「快說！」

灰髮魔法師勾起笑容，緩緩地說：「比如說——只有龍才能施展的魔法。」

「時間魔法？」萊恩對此也稍有概念。

「是的，人類的身體先天上無法負荷時間魔法巨大的魔力消耗，如果有『人』能施展時間魔法，那他就只能是龍。」。

「要剛好撞見龍施展時間魔法，那可不容易。」

「是的，不過目前沒有更好的方法了，總不能讓學生們統統進入眞實之境，接受檢查。」

萊恩沉吟了一陣，只能同意凡諾斯的看法：「科米恩也肯定不會同意讓我一個一個檢查他的學生，他那個脾氣就連先王也拿他沒辦法。」

「那就只能再等等了。」凡諾斯兩手一攤。

「快去想想別的辦法，不要讓龍溜走。」

「陛下，即使發現了龍，我們也沒有能屠龍的勇者。」凡諾斯善意提醒。

「放心，只要他在格菲爾就沒問題。」萊恩信心滿滿。

「格菲爾有什麼東西嗎？」

「這是亞瑟國王留下的祕密，記載在王室典籍裡。」萊恩笑得高深莫測，這回換他賣關子了，「只要把龍找出來，也許你就有機會見識到。」

「見識到什麼？」

國王陛下笑而不答，故作神祕地說出另一件事：「我收到一個古老的訊息，告訴我龍就在格菲爾，和你的消息一致。」

「陛下英明。」凡諾斯不禁冷汗直流。要是他說出的情報和萊恩國王所知的不同，是否會被降罪？

「有些事我現在還不能告訴你，你會不滿嗎？」

「陛下放心，凡諾斯能管好自己的好奇心。」

「嗯，很好。」

既然萊恩不肯說，凡諾斯再好奇也不能向英明神武的國王陛下多問。他換了一個話題：「陛下，您解除王子殿下的禁足令，是否有所計劃？」

「如果那孩子夠聰明，就會知道什麼都不該做。」

「您這是在測試王子殿下嗎？」

「有何不可？王冠不是那麼容易戴上的。」

「若他沒有通過測試會怎樣呢？」

萊恩仍是笑著，只是笑容僵了片刻，大殿中陷入沉默。這片靜默久到令凡諾斯心知不妙，所幸國王陛下並未發怒，淡淡地開口：「凡諾斯，你該回去了。」

「好的，陛下。」

凡諾斯明白自己問過頭了，萊恩偶爾會和他說兩句心裡話，那是因為心情好，遇到不想說的事情時，就會像現在這樣要他離開。

他懂得分寸，國王陛下不想提的，他就不會追問，這也是他能活到現在的原因。

凡諾斯不知道的是，在他離開後，萊恩國王傳喚了伊芙琳公主。

「父王，伊芙琳向您請安，願光明神的祝福與您同在。」伊芙琳款款步入大殿後，依宮廷禮儀向父親行禮。

「起來吧，伊芙琳。」

伊芙琳起身，垂手佇立等著國王陛下開口，纖細優雅的她猶如一朵嬌嫩脆弱的美麗花朵，惹人憐愛。

「安東尼的事情，妳應該都知曉了。」

「有聽見一些傳言。」伊芙琳低下頭，輕聲回答。

「傳言有時候未必不是眞的。」萊恩嗤笑一聲，「我還沒老到是非不分，想要唬弄我可沒那麼容易。」

「父王英明勇武。」

「安東尼應該多和妳學學。」萊恩注視著乖巧安分的女兒，滿意地點點頭。

「伊芙琳不敢。」

「妳很懂得審時度勢，明白什麼該做，什麼不該做。但是——」萊恩話說到此處，眼裡閃過銳利的鋒芒，彷彿要將伊芙琳看穿。

伊芙琳只覺得氣氛突然凝滯，頂著巨大的壓力，她輕輕喊了一聲：「父王？」

面對女兒的呼喚，疼愛女兒的萊恩這才收起一國之君的威壓，沉聲告誡：「妳是帕米爾的公主，不要忘記妳的職責。」

「父王，我不明白您的意思。」伊芙琳纖長的睫毛微顫。

「帕米爾帝國的安危妳也有責任。」

「是的。」伊芙琳從小所受的教育正是這麼告訴她的。

「任何危及帕米爾的因素都應該剷除，而且必須在災害還沒有擴大之前。」

「父王發現了什麼？」伊芙琳敏銳地察覺可能有大事發生了。

「有龍潛伏在帕米爾帝國學院裡。」

「什麼！」伊芙琳不敢相信自己所聽到的。

「我會查明是誰，到了那一天，如果帕米爾需要妳，希望妳不會忘記自己的義務。」萊恩國王定定看著伊芙琳，想從女兒的表情裡瞧出一點端倪，畢竟伊芙琳在學院裡就讀，說不定曉得些什麼。

「我、我知道了。」伊芙琳心裡隱隱有不好的預感。如果龍就潛伏在校園裡，那可能會是誰？是受人愛戴的教授，還是朝夕相處的同學？

「嗯？」萊恩挑了挑眉，他沒有得到想要的回覆。

伊芙琳思緒混亂，但仍勉力收拾情緒，在父親面前立下誓言：「我會堅守公主的責任，成爲安定帕米爾的力量。」

「很好。」

天氣轉冷，只是一陣風吹過都會令人瑟瑟發抖，魔法學院的學生們都在袍子下加了件毛衣。

法洛對天氣的轉變沒什麼感覺，依然悠閒地坐在大敞的窗邊看書，一雙長腿晃呀晃，好不愜意。

冷風吹過，傳說中的惡龍覺得心曠神怡，然而和他同房的人類可不這麼想。

「哈啾！」噴嚏聲響起，穿了兩件毛衣的希爾正坐在書桌前謄寫第二份「中階魔物學」的作業。

「英明的法洛閣下，請問窗戶能關上嗎？」希爾搓著冰涼的手指，試圖令血液活絡，加快寫作業的速度。

「你會冷？」法洛後知後覺地問。

「我要是不冷，怎麼會穿兩件毛衣？」希爾以爲這是再明顯也不過的事。

「穿了兩件毛衣還冷？」法洛問得認眞。

「如果沒有風吹可能就不冷了。」

「人類的身體眞是嬌弱，要是下雪了怎麼辦？我記得格菲爾是會下雪的。」

「大概下個月就會下雪了，到時候可以賞雪、堆雪人。」

「好吧，我接受你的邀請。」

「我沒——」希爾原本想說他沒有邀請的意思，不過看見法洛眼中的期待，他便把話都嚥了下去，改口道：「好，到時候陪你賞雪、堆雪人。」

「在那之前不准生病。」法洛帥氣地打了個響指，四周瞬間升起一個個溫暖的小光點，除了提高房內的溫度，還一閃一閃的，十分漂亮。

「這樣就不冷了。」法洛得意地彎起嘴角，一副期待希爾誇獎的樣子。

「呃，謝謝。」希爾不懂明明是關上窗就能解決的事，爲什麼要這麼大費周章？道謝後，他想了想，還是把話說出口，「可是這太浪費魔力了。」

「你不覺得很浪漫嗎？」

「呃……」希爾感到有些不對勁，瞥了眼法洛手上的書——《爲心愛之人施展的華麗魔法》。

這本書是哪個小蝴蝶借的？不要再給龍看奇怪的書了！

「你喜歡愛心？還是蝴蝶結？」法洛好奇地問，也沒看他怎麼動作，小光點就變成了愛心和蝴蝶結的形狀，彷彿這是再簡單也不過的事。

「最普通的那種就可以了。」希爾心想，如果這樣能讓法洛開心，就隨他的意思好了。

「那就蘋果的。」

一個個光點迅速膨脹成蘋果的形狀，甚至連梗和葉子也沒少。希爾瞠目結舌地環顧房間內的小蘋果光點，只覺比千夜湖的彩燈還美——如果外型不是蘋果的話，會更有情調一些。

寒冷的天氣大幅影響了人們出門的意願，但法洛四人仍沒有放棄在希望之秋的聚會。門可羅雀的魔法道具修理鋪已經成了他們的祕密據點，今天有美味的乳酪蛋糕，再配上熱伯爵茶身體就能暖起來了，邊吃邊談天說地是一種享受的樂趣。

希爾有點苦惱：「最近凡諾斯教授沒有再找法洛麻煩了。」

「這是好事呀？」

「不能掉以輕心，我們應該做點防備。」

法洛不以爲然地說：「我才不怕他。」

「你們先別擔心，凡諾斯只是一名高階魔法師，要是敢挑戰龍，我第一個佩服他。」

「那我們該怎麼辦？」

「我有個讓他們轉移注意力的計畫，訂在學期末，在那之前法洛要繼續掩飾好，不能暴露。」

「什麼計畫？」法洛懷疑地看著納特。

「不告訴你。」

「哥哥連我也沒說。」伊恩插了一句，像是語帶埋怨。

「到時候就知道了。」納特寵溺地揉了一把伊恩的頭髮。

藍髮青年捧起熱呼呼的伯爵茶，滿足地喝了一口，接著對親愛的弟弟說：「把那個東西拿出來看看吧？」

聞言，伊恩拿出一個有著金色花紋的米白色信封，告訴好友們：「我昨天收到一封邀請函。」

「啊！是王子殿下的邀請函嗎？」諾亞指著那個信封，「我也有。」

「是的，是王子殿下派人送來的。」伊恩點頭。

「我和法洛也收到了。」希爾從口袋裡拿出寫著自己名字的邀請函。

「法洛也收到了？」納特略顯訝異。

「是啊，法洛也是屠龍隊的一員。」希爾代替法洛點了點頭。

「所以王室……不，應該說王子殿下還不知道法洛是龍了？」納特瞇起眼睛。

「應該是這樣？如果知道法洛是龍，怎麼會邀請法洛呢？邀請龍進入王宮裡和把燃燒的柴火放在床邊差不多吧？」伊恩認真推論。

「這麼說確實有道理。」諾亞點頭。

「我才不是什麼柴火。」法洛不滿地咕噥，希爾在心裡附和。沒錯！怎麼可以把法洛比喻爲柴火，英明的惡龍閣下才不是柴火那麼安全的東西呢！

「你的邀請函裡寫了些什麼？」納特拉回正題，詢問希爾。

希爾打開自己的邀請函唸道：「親愛的希爾，感謝英勇的你參與屠龍任務，閣下在格菲爾城北廢棄礦坑的精采表現，令人欽佩。本人爲無法全程參與該次任務致上歉意，誠摯邀請閣下入宮參加晚宴，靜候佳音——安東尼。」

「我的邀請函裡也寫了同樣的話。」伊恩和諾亞一起點頭。

「看來那位王子殿下邀請了屠龍隊的所有成員？」納特研究著邀請函內容。

「怎麼突然找大家去呢？」伊恩感到疑惑。

「是要補償我們嗎？」希爾又把內容看了一遍，指著「致上歉意」那段話。

「難道是因爲他在礦坑裡丟下大家，覺得過意不去？」諾亞狐疑地猜想。

「他可不像會不好意思的人。」法洛果斷地反駁。

「也許是爲了挽回名聲，做做樣子？」納特也加入推測的行列。

「信裡附了一張出席意願回覆卡，送信的人明天會來收回。現在該怎麼辦呢？」希爾徵詢大家的意見。

「你們要去參加晚宴嗎？」伊恩看著好友們。

「不想去，看著他的臉我會吃不下。」法洛無所謂地說。

「可是王子殿下這麼有誠意地邀請了，拒絕不太好吧？」希爾有些苦惱。

「是啊，而且地點在王宮裡，會有什麼危險呢？總不可能有血蝙蝠吧。」對於可以再次受邀參加王室晚宴，諾亞顯然相當心動，單純的他想法十分樂觀。

「早知道就加入那什麼屠龍隊了，一張邀請函居然只限一個人參加。」納特則是不滿地抱怨。

「哥哥想加入屠龍隊？」伊恩不禁疑惑，「你不是說寧願在鋪子裡睡覺，也不要去屠龍隊浪費時間嗎？」

「一支屠龍隊找不到龍，不是浪費時間是什麼？」納特語帶責難，顯然對差點讓弟弟受傷的屠龍隊深惡痛絕，「還以爲沒找到龍就安全了，結果人比龍更可怕。」

「你怎麼有辦法斷定屠龍隊找不到龍？」法洛抓住了納特的話柄。

「尊敬的閣下，這個問題應該要問您，龍是那麼容易被找到的嗎？」納特雖然用了尊稱，說出口的話卻把法洛堵得一時語塞。

法洛表情僵了僵，還是驕傲地抬起下巴，勉強回答這個問題：「當然沒那麼容易。」

「那就是了。」納特滿意地笑了。

「所以哥哥是猜的？」伊恩下了結論。

「當然。」納特一副讚許的樣子。

法洛挑著眉，故意不看納特，揚聲問：「扣除掉不能去的納特，現在有四張邀請函，你們要去嗎？」

納特一聽自己被排除在外，臉上的笑容立刻就淡了：「我這是被排擠了嗎？」

「如果有好吃的點心，我會帶回來給哥哥的。」伊恩出言安慰。

「我不是這個意思……」納特一邊覺得要擔心弟弟安危的自己真辛苦，一邊又疑惑自己什麼時候有了貪吃的形象。

「要去就大家一起去，人多勢眾，彼此也有個照應吧？」諾亞興沖沖地提議。

「聽起來有道理。」即使略感不安，希爾仍點點頭。

「嗯，王子殿下才剛解除禁足令，應該不會再亂來的。我就去看看有沒有哥哥喜歡的點心吧！」伊恩說完，對納特笑了笑。

納特無奈地放棄反駁，自暴自棄地告訴伊恩：「不要太甜的。」

伊恩認真地點頭，記下囑託：「沒問題。」

「納特和伊恩果然感情很好。」瞧著兩人的互動，希爾不自覺地揚起微笑。

「他們的感情從來都是那麼好。」諾亞早已習慣了。

「那就決定大家一起出席了。」法洛說出結論，原本沒興趣赴宴的他，倒沒有阻止眾人的意思。

四人有了共識後，接著商量起去見王子殿下時該注意的事。

聚會結束，法洛和希爾剛走出希望之秋，納特就從鋪子裡追出來，叫住法洛，欲言又止。

傳說中的惡龍蹙眉，不耐地問：「有事就快說。」

藍髮青年收起散漫的表情和慵懶的語調，目光認眞而愼重：「法洛，如果有什麼危險就靠你了。」

「那還用說。」法洛露出自信的笑容，拉著希爾轉身，「這點小事不用特意交代，走了。」

走出兩步之後，他舉起手揮了揮，看著法洛和希爾背影的納特這才鬆了一口氣。

水曜日傍晚，法洛、希爾、伊恩和諾亞四人在校門口集合，等待王宮派來的馬車。到了約定時間，外觀華麗的宮廷馬車準時抵達，四人進了馬車後兩兩對坐。

雖然沒了第一次搭乘宮廷馬車時的新奇感，他們仍有些興奮和拘謹，不約而同放輕了交談的音量。由於顧慮到談話可能落入王子的耳目，他們聊著無關緊要的話題，一邊欣賞著窗外的景物。

馬車迅速又平穩地在街道上疾馳，不少民眾投來目光，顯然都好奇著這輛宮廷馬車裡會是什麼人。

沒多久，馬車就從城西的帕米爾帝國學院來到中軸廣場，接著往位於北邊的城堡駛去。來到王宮城門時，因爲要接受衛兵檢查而稍作停留，接著就順利地進入高聳雄偉的石砌城堡內部。森冷莊嚴的肅穆感再次將四人包圍，他們不自覺地停止交談，耳邊只能聽見馬蹄和車輪輾過石板發出的聲音。

馬車依然在城堡中心的內庭廣場停下，廣場周圍點著一盞盞煤油燈，中央的巨大噴水池在鵝黃燈光的暈染下，像披了件琥珀色的輕紗。

馬車一停妥，便有侍從來引導四人前往晚宴的地點。

王宮裡的空間基本上皆是華麗且氣派的風格，不過和上回萊恩國王的宴會廳不同，這次四人來到的是擺設低調一些的餐廳，除了位置偏僻了點，空間也小了一半——雖然依舊大得足夠讓一整支屠龍隊的成員在裡面用餐。

「其他人呢？」然而房間裡並沒有一整支屠龍隊，領頭的雷特曼、睿智的魔法師老費，以及熱血又友善的大叔們一個都沒出現，只有兩張年輕的熟面孔。

「海曼、尼爾。」希爾友善地上前打招呼。

「原來你們也收到了邀請。」尼爾對法洛一行人微笑點頭。

「要是你們沒來，我和尼爾都在想是不是該離開了。」海曼神情焦躁，不耐地扯了扯領巾。

「今天的晚宴不是召集了屠龍隊的所有成員？其他人沒有來嗎？」希爾疑惑地問。

「事情開始有趣了。」法洛興味盎然地打量四周，像是在觀察是否有異常之處。

「難道我們到得太早了？」諾亞猜測。

「只剩十分鐘就要開始了。」伊恩低聲提醒諾亞，這表示不可能是他們到得太早。

「我們也想知道原因，打從進來之後就沒看到其他的屠龍隊成員。」尼爾溫和地說。

「請問今晚的賓客只有我們嗎？」希爾詢問領著他們進來的侍從。

宮廷侍從搖搖頭，神情歉然：「我們不清楚賓客名單，請恕在下無法回答。」

海曼冷眼瞧著，不意外地說：「我剛才也問過了，能知道早就知道了。」

「請各位貴賓入座。」侍從恭敬有禮地引導法洛四人。

「這裡沒有結界，也沒有異常的魔法波動，那就看看那位王子殿下今晚要做些什麼吧？」法洛勾起笑容，率先入座。

每當法洛來了興致，就是希爾最擔心的時候，他不安地在法洛耳邊低聲問：「我們是不是該離開？」

「不用擔心。」法洛拍了拍希爾放在膝上的手背，顯得從容不迫。

「可能我們是第一梯次？屠龍隊那麼一大票人，全部一起吃飯不太方便，大概會分批邀請吧？」諾亞隨口說，他始終認爲這次的晚宴和上回沒什麼差別，不需要想太多。

「這麼大的空間像是塞不下所有成員嗎？」海曼不以爲然地反問。

諾亞環顧四周，尷尬地一笑，但仍爽快地同意：「不像。」說完，他老實地閉上嘴巴。

「既然來了，那就還是等待晚宴開始吧。」伊恩坦然地說。

「如果王子殿下眞的有意爲難我們，不管怎樣都是躲不過的，別想太多了。」尼爾安撫著焦躁的海曼。

聞言，海曼也不再作聲。

晚宴開始前一分鐘，兩名侍從官來到大門前，動作整齊地同時拉開門扉，十幾名年輕的宮廷女官隨即魚貫而入，接著一字排開，分立左右。

「恭迎公主殿下！」

伊芙琳出現在入口，她身穿點綴著絲帶的白色晚禮服，漂亮精緻的臉上掛著優雅微笑，邁著從容自若的步伐走了進來。

眾人見狀連忙起身，按宮廷禮儀鞠躬歡迎公主蒞臨：「恭迎公主殿下！」

「大家都是同學，不用拘禮。」伊芙琳溫婉悅耳的聲音響起，「大家請坐吧。」

眾人抬起頭，見到侍從為公主殿下拉開椅子，讓她坐在次於主位的位子。隨著公主落坐，兩旁的一眾女官也跟著退下，待在門內外和角落隱密處。

伊芙琳坐下後，先向在場的所有人一一致意，接著代安東尼向大家道謝：「謝謝你們來參加安東尼哥哥的晚宴。」

「沒想到公主殿下也收到了邀請。」尼爾語帶訝異。

「嗯，哥哥邀了我好幾次。」伊芙琳委婉地說。今天會來參加晚宴，或許是因為她已經拒絕不了，也或許是她認為出席的人都是熟識的同學，沒有問題。

「還空著兩個位子？」海曼望著長桌前空著的兩張椅子，疑惑地說。這個時間看來是不會再有其他賓客抵達了，那主位旁的另一個位子是為誰而留的？

「我也不清楚。」伊芙琳誠實地回答。

此時，今晚的主人終於現身，除了和伊芙琳相比完全不遜色的排場，正裝出席的王子殿下還帶著一位女伴。

「莉莉絲？」眾人詫異之下，差點忘了行禮，還是得到侍從官的暗示才想起。

安東尼王子從容而自信地來到長桌的主位，一一和每個人對視致意，接著語調激昂、鏗鏘有力地說：「今晚很高興能見到大家，親愛的妹妹，以及英勇的冒險者們。」

如果是在礦坑事件之前，眾人一定會覺得備受鼓舞，如今聽來卻隱隱感到有些矯情。

坐在王子殿下身邊的莉莉絲容光煥發，甜美的她在精心打扮下更顯嬌豔動人，她毫不避諱眾人的目光，笑著向大家打招呼：「你們好。」

安東尼溫柔地注視莉莉絲，也微笑對眾人說：「在晚宴開始前，我要向大家宣布一件喜事。在父王和公爵的同意下，我和莉莉絲已經訂下婚約，等她畢業後，我們就會結婚。」

在場的人皆是一愣，尤其是和莉莉絲熟識的海曼和尼爾更是一臉訝異，至於諾亞則是多了一點感傷的情緒。而法洛仍是一副無所謂的樣子，到處打量的目光落在牆壁上的畫作，研究起那幅抽象畫畫的到底是不是人類。

伊芙琳顯然也是當場才得知這個消息，怔了怔後獻上祝福：「哥哥、莉莉絲，恭喜你們。」

「恭喜王子殿下，恭喜莉莉絲。」其他人跟著道賀。

在安東尼的示意下，侍從為每個人斟上一杯清爽的香甜水果酒，眾人舉杯和王子殿下一同慶祝，揭開晚宴的序幕。

王宮的晚宴菜色自然是精彩而豐盛，一道接一道，目不暇給，希爾只吃了三道就感覺飽了。

出乎意料的是，王子殿下找大家來既不談屠龍隊的事，也沒問大家是怎麼突破重重困難，離開那座廢棄礦坑，而是盡說些以前在帝國學院裡的趣事。

「以前爲了鍛練鬥氣都不敢睡覺，咬牙拚了命地練，就怕多睡幾個小時會被其他同學超越。」安東尼臉上流露出緬懷之色，似乎特別珍惜那段日子。

「現在也還是這樣呢，所以宿舍長特別愛在半夜巡視劍士學院宿舍。」伊恩笑著附和。

「對啊！被抓到半夜不睡覺的人，要被罰打掃宿舍一週，累死啦！」諾亞吐吐舌頭，似乎挨罰過的樣子。

「諾亞被抓過？」希爾好奇地問。

「這學期被抓到兩次，劍士宿舍的地板都掃過好幾輪了。」諾亞苦著臉回答。

「都叫你關燈再練了。」伊恩嘆了一口氣。

「關了燈我就看不清楚鬥氣有沒有布滿手臂了呀。」諾亞很無奈。

「不能用感覺的嗎？」伊恩無法理解好友的行爲。

諾亞不好意思地抓了抓頭：「眼見爲憑嘛！」

「哈哈哈，和你們聊天眞開心，要是能早點認識就好了。」聽著兩人的對話，安東尼忍不住開懷大笑。

「現在認識也不遲。」伊恩友善地表示。

「對啊！」諾亞附和。

安東尼聞言，舉杯對兩人說：「我敬你們一杯！」語畢，他一口喝掉杯中的酒。

在開胃酒後，除了王子以外，眾人的飲品都被換成了特調果汁，伊恩和諾亞拿起裝著果汁的高腳杯回敬。

隨後，王子殿下抱歉地看著海曼、尼爾、希爾和法洛：「不好意思，魔法學院那邊的事我就不清楚了，希望沒有冷落你們。」

「不會的。」尼爾溫和一笑。

「沒有。」海曼淡淡說了兩個字。

「沒關係的。」希爾揮著手表示完全不介意。事實上，今晚和樂融融的氣氛和完美的餐點已經是個美好體驗。

傳說中的惡龍則是專心地享用眼前的甜點，像是沒聽見王子殿下的發言。

「聽安東尼哥哥說在學校時的事情很有趣。」伊芙琳微笑。

「對啊對啊，多說一點嘛！」莉莉絲抓著安東尼的手臂撒嬌。

「妳想聽的話，以後和妳多說點，今天時間已經不早了。」安東尼拍了拍莉莉絲的手，隨後讓侍從又斟滿酒。

安東尼再度舉起酒杯，對在場眾人說：「謝謝你們今天過來，以前有什麼不愉快的，過了今晚都一筆勾銷。敬各位！」

眾人一同起身，舉杯齊呼：「敬王子殿下！」

晚宴至此已到尾聲，全程可說是賓主盡歡，沒有人提及王子殿下在真實之境中拔劍失敗，也沒有人追究王子殿下將屠龍隊困在廢棄礦坑，彷彿那些事從未發生過。

伊芙琳在一旁也適時地說話，表現得優雅又得體，至於莉莉絲，她只要待在安東尼身邊就心滿意足了。

臉色紅潤的安東尼王子表示今晚喝多了，向大家致歉後便先行離席，莉莉絲自然是跟著未婚夫走了。

起身恭送王子殿下離開後，大家都鬆了一口氣。

「今晚就這樣順利度過了。」希爾輕輕說。

「對啊，最後那道覆盆子奶酪很不錯，酸甜的比例抓得恰到好處。」法洛漫不經心地回應，剛用完餐的他正擦著嘴。

「啊，忘了要帶一份回去給哥哥了！」聽到法洛的話，伊恩絕望地望著收拾得十分乾淨的桌面，相當自責。

「甜點嗎？我讓人去準備一份吧。」伊芙琳不由得抿嘴輕笑，體貼地派侍從去處理了。

「謝謝公主殿下。」伊恩喜出望外，立即道謝。

「你和哥哥的感情一定很好。」公主殿下的語氣聽起來似乎有些羨慕。

「您和王子殿下的感情也很好。」

伊芙琳停頓了數秒，才若無其事地說：「我們畢竟是一起長大的。」

才剛說完，侍從官就把打包好的甜點放到伊恩身前的桌上，收到甜點的伊恩笑容滿面：「我哥哥一定會喜歡的，真的很感謝公主殿下。」

伊芙琳微笑著對伊恩表示不用多禮，接著向眾人說：「明天還要上課，大家早點回宿舍休息。今晚很開心能和各位一起用餐，就讓我送你們一段路吧？」

在帕米爾，面對重要的賓客，即使是王室成員也會親自送客展現誠意。眼下王子殿下不在，伊芙琳公主算是半個主人。

「太麻煩公主殿下了。」

「伊芙琳，妳也早點休息吧。」

「對呀，我們自己回去就可以了。」

一陣推辭後，伊芙琳還是堅持領著大家出了餐廳，並且充分展現了誠意，一送就送到內庭廣場。

兩輛宮廷馬車早已在他們來時的下車處就定位，車夫和宮廷侍從以標準立姿等候著，見賓客過來，他們立刻訓練有素地打開車廂門，並躬身行禮。

「再見！」

「說什麼再見？明天到學校不就又碰面了。」

海曼、尼爾以及法洛、希爾一行人往各自的馬車走去，分開前不忘互相道別。

就在這時，意外突然發生。

原本微笑目送他們的伊芙琳公主臉色驀地一白，表情痛苦，嗚咽一聲後吐出一大口鮮血。不祥的大紅色灑落在純白的晚禮服上，鮮明的對比讓人怵目驚心。

「公主殿下！」

公主身邊的女官率先扶住無力軟倒的的伊芙琳，侍從和衛兵們也如臨大敵，驚慌和呼救此起彼落。

「伊芙琳！」

從小和公主一起長大的海曼和尼爾慌了手腳，第一時間跑到伊芙琳身邊，關心她的狀況。

伊芙琳虛弱得一句話都說不出來，連眼皮都快要闔上。

「祭司呢？快叫祭司來！不對，太慢了，有誰會治療術的？」海曼急得不得了，抬頭望見法洛，他立刻大喊：「法洛，你的治療術呢？快救救她！你想要什麼我都可以給你！」

法洛往前走了兩步，隨即察覺不對。他停下腳步回望，焦躁地對著希爾問：「你還好嗎？」

「我沒事啊！快救救公主殿下！」見善良的公主突然倒下，希爾也急得像是熱鍋上的螞蟻。

「還不過來？你要見死不救嗎？枉費伊芙琳對你那麼好！」海曼看到法洛不為所動，忍不住高聲數落。

法洛不理會憤怒的海曼，依然沒有移步，又嚴肅地問了希爾一次：「你真的沒事？」

「沒事，你快過去。」希爾眨了眨眼，他不懂法洛這時候怎麼關心起他了？善良的魔法學徒沒多想，推了推法洛，讓他趕緊去救治公主殿下。

伊芙琳的雙眼已經闔起，臉上血色盡褪，雖然不再吐血，但也奄奄一息，離死亡只差半步了。

「法洛，你再不過來——」海曼氣得站起來罵人，只是後面的話還沒說出口，他便悶哼一聲摀住胸口，不一會也嘔出血來。

一旁的尼爾大驚失色，扶著海曼想叫人過來幫忙的時候，他自己也感到心臟一陣難以忍受的絞痛，隨即吐出一大口鮮血，臉色白得嚇人。

「有毒……剛剛吃的東西有毒！」尼爾神情扭曲，勉強忍住痛楚把這句話說了出來。

在場眾人臉色大變，驚呼聲四起，女官和侍從們更是面如死灰。晚宴上的餐點有毒，他們勢必會被究責。

「怎麼會這樣？」眼看海曼和尼爾倒下，希爾焦急地跑過去，然而跑了幾步，後方又出現狀況，他回頭一望——

「啊！」諾亞瞪大眼睛，不敢置信地瞧著自己吐出的鮮血。

「這裡需要治療——」伊恩讓諾亞就地平躺，自己則在好友身邊看顧，但很快他也無力地倒下，雖然緊咬著牙不叫出聲，卻無法止住從口中狂湧而出的鮮血，身邊那個要帶給哥哥的甜點盒沾染了大片血跡。

「諾亞！伊恩！」希爾嚇呆了，驚慌失措地往回跑，三步併作兩步還跌了一跤。到了伊恩和諾亞身邊，只見他們表情痛苦，身體承受著劇痛一陣一陣抽搐著，不斷吐出的鮮血染紅了衣服，幾乎就快要回歸辛格里斯的懷抱。

「法洛，怎麼辦？能不能救救大家？」希爾顫抖著嗓音問。

「毒性蔓延得太快，治療術可能來不及，再加上有這麼多人——」眼前的情況連傳說中的惡龍都覺得棘手。

法洛不是不想救，而是人數眞的太多了，且若原因是中毒，除了毒抗絕佳的龍族，人類無一能倖免，那他擔心的那件事遲早會發生。

「希爾，你——」曾經有過的害怕情緒再一次襲上了法洛心頭。

希爾全身突然失去力氣，胸口悶悶的鈍痛越來越清晰，他開口要說話，卻嘔出一口血。手上滿是鮮血，分不清是自己的還是朋友的，希爾茫然失措地轉頭望向震驚看著這一切的法洛，嘴裡喃喃：「大家都要死了嗎？」

希爾的聲音極輕，不過龍族的聽力很好，當然把每一個字都聽得清楚。

可是聽清楚了，又能做什麼？

治療術是有極限的，一旦生命力消逝的速度快過治療術能恢復的速度，就是最高階的治療術也無法發揮效用。

「放心，會有辦法的。」法洛的語氣依然自信，這句話除了是對希爾說，也是對其他受傷的朋友說。

他用力咬了下唇，藉由痛感使自己清醒一些，也藉此下定決心，接著斂起表情，愼重而專注地緩緩吟唱咒語：「辛格里斯在上，吾以自身魔力爲獻，換取撥弄時間輪軸的權限！」

隨後，法洛的腳下出現大大小小互相嵌合的齒輪，以法洛爲中心往外快速擴張，幾乎遍布廣場。這些齒輪都泛著金色流光，顯然是魔力凝聚而成。

希爾意識模糊間，發現自己又聽見法洛吟唱咒語了。

五系魔法瞬發的法洛幾乎不必唸咒，只有施展禁咒和某些特殊魔法時，才需要在施法的同時以咒語輔助。

上次聽見法洛吟唱咒語是什麼時候？

希爾清楚地記得，他永遠也不會忘記，上次法洛認真吟唱咒語，是在將生命力分給他的時候。

直覺告訴他，法洛眼下施展的，絕不會是一個普通的魔法。

希爾雖然不曉得是什麼魔法，仍直覺地感到害怕，他想阻止法洛——停下來！不要再傷害自己了！

無奈他說不出口，從嘴裡吐出的只有濃稠的鮮血。

隨著法洛的吟唱，伊芙琳、海曼、尼爾、諾亞、伊恩和希爾身上都被一團柔和光芒包圍，光芒表面五彩流轉，點點晶光閃爍其中。

一旁的女官和侍從們不明白發生了什麼事，但他們注意到公主和其他中毒的人都不再吐血，慘白的臉色似乎也正在恢復。

太好了，似乎有救了！

每個人都在心裡向辛格里斯禱告，祈求光明神降下奇蹟。沒有人敢打斷這一切，全部直勾勾地盯著這個將會一生難忘的場景，甚至呼吸都刻意放輕了。

在眾人眼中，有著深邃紫瞳和俊美外型的黑髮少年巍然站在傷者們的中心，腳下那些齒輪受到驅使，一個帶動一個逆向轉動著。少年雙手在虛空中畫出近百個符文，身上的魔力密度之高，達到了肉眼可見的程度。魔力凝聚而成的金色流光迅速渡往虛空中的符文，且流動的速度越來越快，覆蓋在六名傷者身上的五彩光芒隨之流轉得更快。

六人身上的血跡漸漸消失，表情從痛苦轉爲平和，臉色由蒼白變成紅潤，接著睫毛顫了顫。

最後倒下的希爾率先甦醒，他感覺胸口劇烈的痛楚沒了，嘴裡鐵鏽般的腥甜味道消散了，衣服被血液浸透黏著皮膚的討厭觸感也不見了。

希爾低頭看看自己，衣著非常乾淨，和剛進城堡時一樣，而且——肚子有點餓。

他的肚子不合時宜地發出咕嚕聲，雖然尷尬，卻證明了這飢餓感的眞實性。

這是怎麼回事？

剛剛不是差點就要回歸辛格里斯的懷抱了嗎，爲什麼一切都像沒發生過似的？

可口的開胃菜、美味多汁的牛排、酸甜爽口的覆盆子奶酪，統統彷彿沒吃過一樣。

總不可能是身體的時間被倒轉回到了晚宴前……不，等等！

希爾靈光一閃，明白了答案。法洛在他們身上施展的難道是——

時間魔法！

希爾起身望向那道正在施展大型魔法的身影。

寬廣的內庭廣場聚集了百來人，每個人都緊緊閉著嘴巴，不敢有任何動靜，就怕驚擾了那個人——那個吸引了廣場裡所有目光的黑髮少年。

法洛沒有多餘的心神去顧慮旁人，就算會被發現不是人類、會暴露自己是龍族，他都不在意。

比起身分敗露引來的麻煩，可能失去朋友更令他恐懼。法洛專注地施展魔法，身前那些符文猶如無止盡的黑洞汲取著他的魔力，希爾光是看著就覺得擔心。

擔心時間魔法需要過多的魔力，擔心法洛撐不住如此巨大的魔力消耗，擔心分出一半生命力、曾在廢棄礦坑裡耗盡魔力，身體還沒養好的法洛會有危險。

他想幫忙，即使不能幫上忙，他也想走到法洛身邊對他說「夠了，不要再傷害自己」。可是在光團裡的希爾無法移動腳步，只能眼眶泛淚地凝視著不斷勉強自己的法洛。

在希爾之後，伊恩、諾亞、尼爾和海曼也逐漸恢復意識。他們先是一陣茫然，接著好像醒悟了什麼，詫異地望向法洛。

在伊芙琳終於醒轉後，包圍著六人的光芒倏然褪去，法洛隨即脫力般往後倒下。

「法洛！」希爾驚叫，飛也似地奔到法洛身邊，接住那軟倒的身軀，差一點就要來不及。

「你怎麼了？還好嗎？有聽見我說話嗎？」希爾又驚又怕，顫抖著一連問了三句，就怕得不到回應。

耳邊那熟悉的嗓音裡有著滿滿的關心和驚懼，傳說中的惡龍勉力睜開眼睛，疲憊至極地說：「我沒事，只是……有點累。」

「法洛！」伊恩和諾亞能夠行動後，也都趕了過來。

「謝謝你救了我們。」

「剛才那個是什麼終極治療術嗎？太厲害了！」

法洛臉色蒼白，聽了諾亞的讚美只是微微揚起嘴角，沒有糾正，與其說是不願多談，更像是太過疲憊。

伊恩神情擔憂：「你看起來不太好？」

「睡一覺就好了。」法洛連佯裝沒事的力氣都沒了，他試圖重新站起，身子卻搖搖晃晃，還是希爾和諾亞一左一右地撐住他，他才能好好站著。

「好，我們這就回去。」希爾安撫地說。

海曼和尼爾待在伊芙琳身邊，確認公主殿下恢復如常後，他們半是擔心半是驚詫地看著法洛，猶豫了好一會才走過來。

「謝謝你，法洛。」尼爾率先開口道謝。

海曼驚魂未定，一見法洛就問：「剛剛那個不是治療術，對嗎？」

法洛臉色蒼白，無力挖苦的他只是淡淡反問：「是不是治療術你分不出來？」

答案很明顯，只是眞相不可思議得令人難以接受。

海曼艱難地開口：「所以你是——」

尼爾趕緊拉住好友示意他別道破，而伊芙琳公主緩緩走來，強自鎭定地對法洛低低說了句「無論如何，謝謝你」，接著沒等法洛回答就別過頭，朝眾人表示：「今晚大家都累了，該回去休息了。」

「好的，時間眞的是太晚了。」

「是該回去了。」

「公主殿下保重。」

法洛四人和海曼、尼爾搭上馬車離開廣場後，一名國王身邊的侍從官來到伊芙琳面前。

「公主殿下，國王陛下傳令召見。」

第五章　公主這種生物啊

有別於王子晚宴上的歡樂氣氛，幽深的王宮大殿中，萊恩國王屏退了侍從和護衛，要凡諾斯自己拉張椅子過來，兩人和以往一樣進行談話。

「凡諾斯，用過晚餐了嗎？」

「多謝陛下關心，已經用過餐了。」

萊恩國王笑得意味深長：「可惜了，原本想讓你去安東尼的宴會打探點情報。」

「王宮中哪有不在陛下掌握裡的事？」

「你把我想得太無所不知了，別以爲說些好聽話我就會幫你加薪。」萊恩嘴上這麼說，但揚起的嘴角顯示出這番話對他而言還是挺受用的。

「陛下英明神武。」凡諾斯趕緊又誇了一句。

「夏天時南邊村落來了一批新鮮水果，由格菲爾最厲害的釀酒師釀製成水果酒了，要帶點回去嗎？」

凡諾斯有些心動地吞了一口口水：「謝陛下——」

「安東尼送的。」沒等凡諾斯說完，萊恩表情不變補了這句。

聞言，凡諾斯差點沒從椅子上跌下，他連忙正襟危坐，露出惶恐的表情：「陛下和殿下父子情深，既然是王子殿下送給您的，在下不敢要。」

「送給你也沒關係的。」萊恩大方地說。

「不不不，那可是王子殿下的一片孝心。」凡諾斯猛烈搖頭，堅定表達自己不敢踰矩的心。

「算了，原本還想問問你喝完的心得。」萊恩一臉失望，隨意揮了揮手。

凡諾斯露出爲難的表情：「那也得我喝了之後，還能過來向您稟報。」

「哈哈！」從剛才態度就不冷不熱、難以捉摸的國王陛下聽了這句話，總算暢快地笑了，「凡諾斯，你是聰明人，這也是我喜歡和你說話的原因。」

「是陛下抬舉了。」凡諾斯謙虛地回應，末了順帶一問：「王子殿下今晚招待的是哪裡的貴賓呢？」

「也不是什麼貴賓，聽說是幾個屠龍隊裡的人。」萊恩淡淡地說，「安東尼想做什麼，我大概猜得出來，只要不妨礙我的計畫就觀望著也無妨。」

凡諾斯微微皺眉，沒有多問，卻是暗暗留了心。

法洛四人和海曼、尼爾搭乘的兩輛馬車從王宮離開後，一路往南。由於法洛仍十分虛弱，所以馬車並未全速前駛，避免過於顛簸讓法洛更不舒服。

剛抵達中軸廣場，後方追來一名宮廷衛兵，要馬車停下。

「怎麼了？」發現馬車不再前進，伊恩揭開簾子了解情況。

「公主殿下請各位留步，她隨後就過來。」衛兵回答。

「有什麼事嗎？」

「在下並不清楚。」衛兵一副奉命行事的態度，看來似乎只接獲了要馬車停下的指令。

「會不會是要抓走法洛？」希爾擔心地說。

雖然剛剛在場的人之中，沒有人見過時間魔法，但總能從各種端倪推測出來。而一旦被發現是時間魔法，就等於宣告了法洛是龍的身分。

「是公主要我們留下的，應該不會有事？畢竟法洛救了公主殿下。」諾亞不確定地說。

「這是宮廷的馬車，只遵從王族的命令，就算我們想離開，車夫也不會聽我們的。而如果我們用走的，被追上也是遲早的事。」伊恩冷靜地分析情勢，他沒說出口的是——以法洛現在的狀態，失去馬車的他們能跑多遠？

「就等一下吧。」法洛疲憊地說，他撐著頭狀似假寐，又似極力讓自己不要睡著。

「既然法洛都這麼說了……」

「你是不是睡一下比較好？」希爾擔心地看著臉色不佳的法洛。

「等回宿舍再睡也不遲。」法洛卻直接否決了希爾的提議。目前狀況不明，他實在無法放心陷入昏睡狀態。

這時候，剛和國王陛下「談心」完畢的凡諾斯急匆匆地從王宮裡出來，在中軸廣場碰上了停留的兩輛馬車。

「我是帕米爾帝國學院的凡諾斯教授，我的學生在馬車上嗎？」凡諾斯詢問車夫，得到肯定的答案並確定法洛四人所在的馬車後，便敲門上了馬車。

一坐進車廂，有著銀灰長髮的學院教授劈頭就是一句話：「找到你們了！」

「教授……」希爾四人望著來意不明的凡諾斯，不知該做何反應。

「你們不要待在帕米爾了，快離開吧！尤其是法洛。」凡諾斯的目光落在希爾身邊的黑髮少年身上。

「什麼？您怎麼突然這麼說？」希爾驚疑不定。

「你當然明白原因。」凡諾斯饒有深意地注視希爾。

自從發現凡諾斯受王室之命要找出龍之後，四人對他都有了不好的觀感，因此不禁懷疑凡諾斯這時要他們離開，會不會是什麼陰謀。

「言盡於此，我必須走了。如果後悔沒聽我的話，之後可以來研究室找我，雖然不曉得那個東西能不能幫上忙，總之，天亮前我都會在那裡。」凡諾斯丟下這句話後便匆匆離去。

「你們怎麼看？」伊恩轉頭問朋友們。

「凡諾斯教授似乎……不像壞人？」希爾不敢肯定。

「可是我們找到的密函是眞的吧？」諾亞也有些混亂。

入夜後的格菲爾猶如披了件黑紗，靜謐而神祕，有別於白日的喧鬧，街道上少有人煙，只有煤油燈暖黃的光芒從家家戶戶的窗裡透出，和星空相互輝映。

馬車奔馳的聲音在此時顯得特別響亮，一輛宮廷馬車以最快的速度駛出王宮。

華麗的車廂內是剛被國王陛下召見過的伊芙琳公主，她正面臨前所未有的掙扎，臉上早已不見優雅從容的微笑，一雙微微泛紅的眼睛像是剛哭過。她如木偶般僵硬地端坐著，大腿上放著一個木盒，她緊緊抓著那個木盒，但即使抓得再用力，都無法遏止手指的顫抖。

她不斷在內心祈禱，希望馬車永遠不要停下。

可惜仁慈的光明神仍是讓她失望了。

「公主殿下，我們抵達中軸廣場了，您的朋友都在。」侍衛的聲音把她拉回現實。

「我是帕米爾帝國的公主，我有我的職責。」伊芙琳顫聲對自己說。

她打開木盒，把盒中的東西取出放進衣服內側的暗袋。閉上雙眼，一滴淚珠從她的頰邊滑落。

「公主殿下？」馬車外傳來疑惑的呼喚。

「好的。」

伊芙琳深吸一口氣，睜開眼，掛上從小就對著鏡子練習了無數次的優雅微笑，下車迎向她的朋友們。

「恭迎公主殿下！」

馬車外的衛兵們和車夫見伊芙琳從馬車上下來，立刻躬身行禮，海曼和尼爾同樣在外頭等著，隨即跟著行禮。

不遠處，希爾、伊恩和諾亞接到傳訊，也趕緊出了馬車，正想把禮數補上時，被公主殿下微笑著制止了：「我們都是同學，在王宮外就不用這麼麻煩了。」

伊芙琳環顧在場眾人，沒見到那張想見的面孔，於是疑惑地問：「法洛呢？」

「他身體不舒服，在馬車上休息。」希爾回答。

「這樣啊。」伊芙琳眼神一黯，有些抱歉地笑了笑，舉止間多了一絲侷促，似乎不知道該說些什麼。

「找我有什麼事？」一個聲音從希爾三人身後傳來。

法洛忍著身體的不適，打開車廂門強撐著離開了馬車。他方才幾乎耗盡所有魔力，眼下非常虛弱，雖然經過短暫的休息，但不知道能支撐多久。

看著這樣的法洛，希爾心疼得上前要攙扶，然而被傳說中的惡龍拒絕了：「我沒那麼脆弱。」

希爾只好把手收回，目光仍緊緊盯著法洛，就怕他又無聲無息地脫力倒下。

伊芙琳靜靜注視著法洛走到面前，在法洛不耐的目光下，她斟酌再三，卻只是問出非常簡單的一句話：「你還好嗎？」

「還好。」法洛盯著伊芙琳，見她沒反應又沒好氣地補了句，「妳只是來問我好不好？」

伊芙琳勉強笑了笑：「我還有些話想單獨和你說。」說完，她舉起手讓侍衛們退下。

希爾三人和海曼、尼爾馬上會意，雖然各懷心思，他們仍在侍衛隊的引導下往後退開。

「法洛？」希爾遠遠喚了一聲。

傳說中的惡龍聽見了，轉頭對好友笑了笑，要他放心。

看到法洛的樣子，希爾三人心裡稍稍安定下來，這才和海曼和尼爾一起站到廣場邊的角落，不過他們仍不放心地望著公主和法洛。

「不知道公主殿下要和法洛說什麼？」希爾滿臉擔憂。

「大概是想感謝法洛的救命之恩吧？」

「那爲什麼要我們站那麼遠？」

「也許是打算以什麼寶物當作謝禮，不方便被我們看見？」諾亞聽多了吟遊詩人口中的勇者故事，隨口猜測。

「伊芙琳心地善良，我還擔心法洛傷害她呢！」聽著希爾三人的對話，海曼心裡有點不是滋味。法洛可是屬於那個強大的種族，有危險的是嬌弱的公主殿下才對吧！

「法洛如果要傷害伊芙琳公主，稍早就不會救她了。」伊恩理性地說。

「就是啊！」諾亞附和。

「你又不是他，怎麼曉得不可能？」海曼不以爲然地反駁，卻被身邊的好友拉住。

「少說兩句。」見尼爾表情凝重，海曼雖然想再爭論什麼，但仍收斂起脾氣，不再多言。

「你們有沒有發現有點奇怪？」伊恩四下張望，心頭隱隱不安。

「怎麼了？」諾亞反問。

「中軸廣場的燈本來有這麼亮嗎？而且以廣場爲中心，四面八方的路燈一盞不漏地全亮了，還有坐落在各個方位的鐘樓、神殿、城堡、帝國學院和城門這些格菲爾的重要建築，屋頂上都有盞閃著不同顏色光芒的燈，之前那些地方是這樣的嗎？」

「除此之外，你們仔細看看天空，有一層像薄膜的結界把整個格菲爾籠罩住了！」尼爾指著天空。

「我也看到了。」伊恩表情凝重地點頭。

「那是什麼？」希爾著急地問，顯然有什麼事不太對勁。

一旁的海曼轉過頭來，緩緩地說：「我看過一則並未被證實的紀載，當災難來臨時，格菲爾的魔法陣將會被啟動。」

「什麼魔法陣？」伊恩問。

海曼搖了搖頭：「不知道，因爲從來沒有啟動過，寫下紀載的人也是聽說的。」

「那我們該怎麼辦？是不是有什麼危險？法洛目前身體很虛弱，我們能先回去嗎？」希爾十分徬徨，他並不在意是否眞有災難發生，只想早點帶著法洛回宿舍休息，只要法洛恢復體力，他們就馬上離開格菲爾。

「和公主殿下說完話就可以離開了吧？」

「氣氛感覺很詭異，害我都想家了。」

「如果眞有什麼災難，現在也來不及離開格菲爾了。」

「別烏鴉嘴。」

此時伊芙琳和法洛身周已經淨空，如果是不了解雙方背景的人，說不定會以爲他們是一對戀人。

法洛抬頭望了望四周，臉上慢慢浮現嘲諷的笑容：「有必要這麼費工夫嗎？」

雖然做好了心理準備，當真的站在法洛面前時，伊芙琳仍不曉得自己該露出什麼表情：「這是千年前就布置好的魔法陣。」

「哦？」法洛對於這個答案感到意外。

千年前？那時格菲爾在討伐亡靈法師薩特曼的戰役中受到波及，和廢墟沒兩樣吧？

「亞瑟國王整修格菲爾時，布置了上古流傳下來的魔法陣，他在王室典籍裡留下紀載，如果龍出現在格菲爾，就啟動這個魔法陣。」伊芙琳輕聲說，眼裡閃過複雜的情緒。

「禁魔領域啊。」法洛抬起手，試圖在手上凝聚一點魔力，卻感覺不到任何魔法波動，彷彿整個格菲爾的元素精靈都被抽光了，「亞瑟這招夠狠。」

不能施展魔法的龍等於沒了最擅長的武器，威脅性大減，即使恢復龍形也只會成爲靶子，將面對人類刀劍彈藥的攻擊——況且法洛如今連飛走的力氣都沒有。

「我耗盡了魔力，即使不啟動禁魔領域，我也無法做什麼。」法洛語帶自嘲。

「請見諒。」伊芙琳垂下目光，睫毛不住地顫動著，一副楚楚可憐的樣子。

可惜法洛的體貼非常稀有，幾乎都用在棕髮的摯友身上了，沒有多餘的能分給人類的公主。

「弄出這麼大的動靜，到底要和我說什麼？」法洛今晚已經夠累了，他覺得還是直奔主題吧。

伊芙琳猶如被驚醒般猛然抬起頭退後一步，欲言又止：「我——」

「不說的話，我就走了。」法洛轉過身想往外走。

見狀，伊芙琳趕緊出聲阻止：「等等，我想起來了。」

「人類的公主眞麻煩。」法洛皺著眉頭，又轉回來面對伊芙琳。

伊芙琳深吸一口氣，來到法洛身前。兩人距離很近，近得過於親暱，法洛蹙著眉想後退，然而伊芙琳沒給他這個機會。

她對他露出一個練習了很久的美麗微笑，同時踮起腳尖湊近法洛耳邊：「謝謝，以及……對不起。」

接著，法洛悶哼一聲，視線愕然地落在自己劇痛的左胸口。那裡插著一柄短劍，赫然是那把從眞實之境取出來的寶劍，劍身已經全部沒入。

公主殿下的手握在劍柄上，雙手劇烈顫抖：「對不起，對不起——」

「所以我討厭公主這種生物。」法洛在詫異後又有些了然，虛弱地開口，「被刺了一劍的是我，妳哭什麼？還有，手不要抖可以嗎？這樣弄得我更痛了。」

「對不起。」伊芙琳只能不停地道歉，雖然她努力想讓手別再抖，卻怎樣也不見效果。畢竟從小就立志學習魔法的公主殿下拿劍的次數少得可憐，況且還是親手刺向自己一直戀慕的那名少年。

她的眼淚不斷落下，把精緻的妝容都弄花了，從來沒有人見過如此不顧形象的公主殿下。

「法洛，我很喜歡你，即使你不喜歡我。」

「我不是不喜歡妳。」法洛輕輕嘆了口氣，和人類溝通真是太麻煩了，「我只是沒有喜歡妳。」

伊芙琳愣了愣，似乎略顯釋然：「至少不是討厭我。」

「我很累了，妳快拔劍吧，刀子插在心口的感覺真的很難受。」法洛忍著強烈的痛楚，他知道自己就快撐不住了，說話時的微微震動令血肉在鋒利的劍刃上磨擦著，再加上伊芙琳拿劍的手依然抖個不停。

「對不起，我是帕米爾帝國的公主，我必須完成父王的囑託，守護這個國家。」伊芙琳哭著說完這段話，鼓起勇氣使勁把短劍拔出。

如果沒有禁魔領域，法洛就算榨乾最後的魔力，也要對自己施展一個治療術緩解疼痛。可惜現在他就算想用也不能用，只能任憑劍刃劃過血肉離體，劇痛幾乎能使強大的龍失去意識。

「啊……」

法洛咬緊下唇強迫自己壓抑聲音，他不想讓正看著這裡的朋友們太過擔心。

耗盡魔力又步入禁魔領域，最後被人類的公主殺死，這是他想都沒想過的恥辱，即便處在這種狀態下，驕傲的龍也不允許自己展現出脆弱的樣子。

隨著短劍拔出，法洛的鮮血大量噴濺，鮮紅的溫熱液體不只浸溼了法洛的衣服，也濺到了伊芙琳臉上，濃烈的血腥味令公主殿下驚慌失措地退了好幾步。

「果然是亞瑟的劍。」法洛瞥了一眼伊芙琳手上那把短劍，苦笑了下，「被同一把劍刺兩次，眞是受夠了。」

方才公主和法洛靠得極近，從希爾五人的角度看不清楚兩人間發生了什麼，如今伊芙琳一退開，露出胸口被刺了一劍直噴鮮血的法洛，眾人皆是一驚。

「法洛！」希爾不敢置信地大叫著要飛奔過去，卻被侍衛們強硬阻擋，看來是早就接到了指令。

今晚，執行祕密任務的公主殿下身邊帶著的侍衛自然是精銳中的精銳，制住希爾這幾個學生輕而易舉。

突然之間，希爾懂了。

爲什麼他們會在中軸廣場被攔下、爲什麼凡諾斯會趕來警告、爲什麼魔法陣會啟動。

這是一個陰謀，爲了殺死龍的陰謀，從非常久遠以前就已經擬定，一旦發現目標便會啟動。

相信救了公主就不會被追究龍族身分的他眞是太天眞了！

「放開我！我要過去！」

「公主殿下，法洛剛救了我們，他不會傷害任何人的！」

「對啊！是不是有什麼誤會？誰能快點救救法洛！」

「快救法洛，他已經很虛弱了，又受這麼重的傷——」

十多名魁梧有力的侍衛們圍成一個圈，把五人困在裡面。希爾、伊恩和諾亞無法越過，只能焦急地呼喊，而海曼和尼爾也瞪大眼睛，不敢置信地看著伊芙琳和她那拿著染血短劍的手。

「伊芙琳怎麼會……」海曼沒把話說完，眼前的畫面實在太過衝擊。

「這應該不是她的意思。」尼爾雖然也相當震驚，但沒多久就恢復了冷靜。

「難道是……」海曼和尼爾對視一眼，壓低了聲音，「國王陛下？」

「伊芙琳有她身為公主的職責。」尼爾嘆了一口氣。

救了大家的法洛沒理由受到這種對待，而肩負守護國家責任的伊芙琳也是逼不得已，沒有人希望目睹這個結果。

「不能怪她。」尼爾輕聲說。他們從小就和伊芙琳是朋友，自然清楚公主殿下所受的教育，以及她身上的責任。

「可惡，法洛怎麼辦？」海曼雖然高傲，仍分得清是非對錯。和法洛兩次比試落敗被他視作人生中的汙點，但是得知法洛是龍之後，他便改觀了。畢竟比試過程一切公平，而且法洛明顯手下留情了。

更何況，法洛在坦頓山脈、城北礦坑和方才王宮的內庭廣場都救過包含他在內的許多人，這種局面絕不是他想看見的。

尼爾沉默一會，艱難地說：「以我們的立場，不宜妄動。」

「法洛！」希爾不斷地叫喚，拚命想掙脫抓住他的侍衛。

伊恩和諾亞交換了一個眼神，伊恩隨即猛然躍起給身前的侍衛一連串的膝頂肘擊，還在一名特別倒楣的侍衛胸口踢了兩腳。堅不可破的陣型頓時出現缺口，諾亞拉著希爾趁亂突破，往法洛所在的方向跑去。

但王宮侍衛隊可不是那麼好對付的，兩人才跑了幾步就被抓回去。

體格壯碩的侍衛把三人帶回圈子裡後，將他們的手臂反剪在背後緊緊抓牢，避免他們再逃脫：「安分點！」

伊恩和諾亞一邊照看著希爾，一邊焦急地拜託侍衛讓他們過去看看法洛，無奈依舊徒勞無功。

廣場中央，臉色蒼白的黑髮少年身子晃了一晃。

法洛只覺再也難以抵抗無邊的倦意，流失大量鮮血的他身體逐漸冰冷，從不覺得冬天有多冷的惡龍閣下，第一次感受到寒冷——無論是身體還是內心，都冷。

撐到這裡應該可以了吧？

大家都安然無恙，能好好活著就好了吧？

又累又倦，又冷又痛——

如果弄出一些小光球，是不是可以驅散寒意？

可是該死的禁魔領域令他什麼魔法都用不出來。

亞瑟，你眞的很討厭我啊？

阿爾法特，這也是你的意思嗎？

希爾，你會爲我傷心嗎？

不過，這樣你就能按照自己的計畫，過上安穩的日子了吧？

只是好不容易拐到一個人願意陪我去遊歷紅土大陸，實在有點可惜……

腦海裡閃過無數念頭、浮現許多張臉，最後法洛僅能在心裡向他們說聲「再見，永別了」。

這次應該不會再醒了，可以好好睡個覺了。

雙眼緩緩闔上，失去力量支撐的身軀軟倒在地，這一次，不會再有人接住他了。

還好在碰撞到地面前，法洛已經永遠失去了意識，不必再承受痛苦。

「法洛！」希爾的吼聲嘶啞，像極了困獸的悲鳴，他瞪大眼睛注視著這個畫面，整顆心痛得像是被撕裂了，「怎麼可以？怎麼可以這樣對他！」

「你不該救我的……」伊芙琳崩潰地跪地大哭，她鬆開沾了血的短劍摀著臉啜泣，不敢去看法洛那永久沉睡的面孔。

侍衛隊長上前確認法洛的呼吸心跳，隨後向伊芙琳報告：「公主殿下，他已經死了。」

雖然不願意相信，但木已成舟，伊芙琳完成了她的任務，她成功殺死了龍，心裡有一部份也彷彿因此死去了。

好一會，伊芙琳才痛苦地下達命令：「回王宮，大家都撤了。」

「是不是應該帶走他呢？」侍衛隊長向她請示該如何處置法洛。

「讓他留在這裡吧，與其和我回去，他肯定更希望與朋友們在一起。」

侍衛隊長認爲這並不是個好決定：「殿下？」

伊芙琳睜著淚眼望向沒了呼吸的法洛：「他救了我，我什麼都沒辦法回報他，至少為他做最後一件事吧，若被父王責怪，我一人承擔便是。」

既然公主殿下都這麼說了，侍衛隊長只能遵從，應了一聲後就發落下去。

伊芙琳無法面對自己的同學們，臉上掛著淚痕的她在侍衛的護送下返回馬車，而後馬車便駛離了中軸廣場。

公主離開後，侍衛隊跟著收隊，當最後一批人馬離開時，才把希爾等人放開。

格菲爾城裡的燈光不知不覺恢復原狀，結界也消失無蹤，一切都和原本一樣，除了廣場中那名躺在血泊裡的黑髮少年。

一獲得自由，希爾立刻跌跌撞撞、失了魂似的奔向彷如睡著的法洛。瞧著法洛蒼白的臉，他不由自主地輕喚：「法洛？別睡了，我們回去吧？」

法洛自然沒有回應。

希爾不放棄地繼續說話，邊說邊哭：「如果你不想回宿舍，我們現在就去遊歷紅土大陸，你想去哪裡我們就去哪裡。先從鄰近的貝里公國開始？還是你想去妖精森林？」

伊恩和諾亞在旁邊看著，也難過地流下眼淚，只能不斷地用袖子擦拭。他們想安慰卻不知道該說什麼：「希爾，別這樣，法洛已經——」

「不會的，法洛很厲害，他會醒來的！」希爾信誓旦旦地說，顫抖著手去碰法洛的臉，卻在碰觸到的瞬間馬上縮回。

冷。

就算希爾不願意相信，由於生命力的消逝，法洛的身體已經開始變涼了。

希爾想起在宿舍時，法洛因爲他覺得冷，便施展了個華麗的取暖魔法，而如今躺在血泊裡的法洛看起來是那麼孤單，從不怕冷的惡龍閣下身體變得那樣冰涼。

如果能給法洛一點溫暖就好了。

由於這麼一個念頭，希爾俯身撐起了法洛的肩膀，半跪著抱住法洛的上半身。濃烈的血腥味和冰涼的體溫傳了過來，希爾無法克制地痛哭失聲。

「爲什麼？爲什麼要傷害法洛？」希爾問著沒有人能回答的問題。

希爾感覺手上一涼，木然抬頭，才發現漆黑的夜空緩緩飄落了棉絮般的點點白雪。

「下雪了。」希爾的嗓音顫抖著，想起和法洛的約定，「說好要一起賞雪堆雪人的。」

不只這個約定，還有遊歷紅土大陸的約定，都無法實現了。

「不——」

這夜，格菲爾迎來今年冬天的第一場雪。往年也是在差不多的時候下雪，然而今年的雪格外地冷，冷徹心扉。

希爾知道，只要過兩個月冰雪就會消融，春回大地；可是他也知道，自己的心將和法洛一樣，再也走不出這場雪。

法洛的血浸透了希爾的衣服，接著，希爾胸口處的衣料底下隱隱發亮，直到阿爾法特的身影浮現，希爾才後知後覺地意識到，第二顆魔法石的禁制居然被解開了。

穿著高階劍士裝束的棕髮男子現身在眾人眼前，比起第一顆魔法石的影像，阿爾法特的神情顯得有些哀傷。

「我是阿爾法特，觸發這顆魔法石的鑰匙是法洛的血，大量的血。」

一旁的伊恩、諾亞和不遠處的海曼及尼爾，見到開國勇者驀然出現都面露訝異，聽見阿爾法特所說的話後更是不敢相信。

諾亞跟海曼正想問些什麼，卻各自被伊恩和尼爾阻止，尼爾開口：「這是儲存在魔法石裡的影像，先看完再說。」

阿爾法特停頓片刻，像是在整理情緒，做了個深呼吸後才慢慢地說下去：「也許你已經猜到了，這顆魔法石除了儲存這段影像，還和帕米爾王室有連結。只要魔法石離開眞實之境，王宮內對應的魔法道具就會發出龍現身在格菲爾的警告，歷代國王都將被囑咐要注意這個警訊。」

希爾臉色鐵青，他們這是中了阿爾法特留下的陷阱？

阿爾法特臉上流露出愧色，似乎不曉得該怎麼面對看到這段影像的後代子孫：「我無意傷害法洛，可是身爲人類的我只能自私地維護自己的後代，爲你解開主僕契約。」

原來，阿爾法特設下陷阱是爲了讓後代不要被主僕契約束縛？

然而千年前的阿爾法特沒有料到的是，早在半年前希爾差點喪命時，契約就解開了。

這是命運的捉弄，還是辛格里斯開的玩笑？

「如果你希望法洛活著，有一個辦法——去妖精森林。帶上那封信，精靈之王會告訴你怎麼做。」

希爾的心原本陷入了絕望的泥淖，如今聽阿爾法特這麼一說，他又燃起了希望：「什麼？法洛有救了？」

阿爾法特的影像還在繼續，他的目光飄向遠方，表情帶著歉意、緬懷和疲憊：「如果法洛有機會醒來，幫我向他說一聲……對不起。」

影像至此結束，開國勇者挺拔的身影隨即消失。

「剛剛那是阿爾法特嗎？」諾亞不確定地問，畢竟那可是千年前的勇者，任何人目睹都會無法置信。

「是的，就是和亞瑟國王一起建立帕米爾帝國的開國勇者阿爾法特，剛才是一段存在魔法石裡的影像。」希爾簡單地解釋，說完這些他就要去救法洛了，他不想浪費太多時間。

「哇！沒想到能見到傳說中的勇者。」諾亞驚呼。

「他說法洛有救了，對嗎？」伊恩抓到方才那段影像裡的重點。

「我也聽到了。」諾亞點頭。

「我們能做些什麼？」伊恩趕緊問。

同時海曼和尼爾也靠了過來：「我們也想幫忙。」

「你們？」希爾沒想到與公主交好的兩人會主動伸出援手。

「法洛其實不壞，而且……我向他借的書還沒還，我要親手交給他。」海曼硬是找了個理由——最不充分的那種。

「他救了我們，知恩圖報理所當然。」尼爾懇切地表示。

「謝謝你們。」其實希爾腦子裡的思緒很混亂，他只是不斷告訴自己要帶著信前往妖精森林，找到精靈王幫助法洛。

尼爾單刀直入地詢問希爾：「你要去妖精森林對嗎？妖精森林附近有一個紅石商會的傳送點，我可以派人送你們過去。」

紅石商會的商鋪遍布整個紅土大陸，各國城鎮皆設有傳送陣相通，只是傳送陣屬於高等魔法，可不是隨意就能啟動，且商會的傳送陣地點相當於商業機密，尼爾願意讓希爾使用是釋出了相當的信任與善意。

「舒特商會可以提供各種補給，沿途遇到任何麻煩也都可以到舒特商會尋求支援。」既然尼爾解決了傳送陣的問題，海曼便提供補給，不讓紅石商會專美於前。兩人不愧分別出身自兩大商會，立即想到了希爾可能遇到的困難，並且提供相應的協助。

「謝謝你們。」希爾誠心地道謝，有了尼爾和海曼的幫忙，這趟旅途可以免除很多麻煩。

「如果還需要人手……」尼爾說著，顯得有些遲疑，畢竟雖然法洛救了他們一命，但是顧及商會利益，他們實在不方便明著幫龍族，以免得罪帕米爾王室。

「不用了，這樣就夠了。」希爾看出了尼爾和海曼的顧慮。

「對了，凡諾斯教授說可以去找他，還記得嗎？他天亮前都會待在研究室裡。」伊恩提醒道。

「凡諾斯教授不是不可信嗎？」諾亞不安地問。

「可是他特別來向我們示警，應該是打算幫我們。還是去找他吧？也許眞的有什麼辦法。」伊恩沉著地回應。

「好。」希爾也不想放棄任何希望，只要能救法洛，他都願意嘗試。

「那我們就去找凡諾斯教授，海曼、尼爾，請你們先回去，明天天一亮在希望之秋會合。」伊恩說完，告訴兩人希望之秋的地址。

希爾佩服地看著伊恩，要不是有冷靜的伊恩在，他肯定沒辦法顧及這些細節。

「法洛怎麼辦？」希爾還抱著法洛。

「一起帶去給教授看看好了？」諾亞也不曉得該怎麼做，只好這麼說。說完，他過去拉著法洛的手放到自己肩上，幫忙撐起一半的重量，另一邊則由伊恩接手。

「走吧！」

凡諾斯的研究室仍亮著燈，門口的沼澤術早已收起來，有著銀灰長髮的魔法理論教授正在研究室裡沉思，思考著如何讓房間裡堆放更多雜物而不至於造成生命危險。

「叩叩。」研究室的大門被敲響。

三人一龍悽慘地立在門口，緊緊抱過法洛的希爾渾身是血，而扛著法洛的諾亞和伊恩也或多或少沾上了血跡，更別提幾乎變成血人的法洛。凡諾斯一打開門，立刻嚇得往法洛和希爾身上丟治療術：「怎麼弄得一身血？法洛怎麼了？」

「教授，別浪費魔力了，治療術沒用的。」希爾帶著哭音說。

「什麼意思？」凡諾斯手上的治療術沒停下。

希爾臉色一白，艱難地開口：「法洛……死了。」

希爾一行人的模樣明顯不像在惡作劇，再加上治療術確實毫無效果，凡諾斯心知事態已經往最糟的方向發展，便收起了治療術側過身子，對學生們說：「先進來。」

大夥兒進到研究室裡，但裡面雜物太多，一時半刻整理不出待客的地方，凡諾斯索性讓他們坐在一堆又一堆的雜物上面。

「隨便坐吧，雖然這疊都是和毒物有關的書，不過書是沒有毒的。啊！那一疊裡面有壁虎的標本……算了，坐了就坐了，應該還能壓得更乾癟一些。」雖然雜物的擺放看似亂無章法，凡諾斯卻能記得每個位置都有些什麼東西。

這位教授抬了抬眼鏡，也坐在另一落雜物堆上，看著徬徨不安的三個學生：「說吧，在我離開後發生了什麼事？」

「伊芙琳公主帶著王宮侍衛隊來到了中軸廣場。」伊恩依言敘述起事情的經過，「公主殿下說要和法洛單獨談話，我們就被趕到廣場邊緣。」

「那時候法洛為了救中毒的大家，剛使用過時間魔法……」希爾心虛地瞧了凡諾斯一眼。

凡諾斯的表情毫不意外，顯然已經確信法洛就是龍，他點點頭，淡定地說：「繼續。」

「而且廣場上很奇怪，有個不知道是什麼的魔法陣突然把大家籠罩住，空氣裡的元素精靈一瞬間都消失了似的。」

「禁魔領域，在這種結界裡不能使用魔法。」對魔法頗有研究的前宮廷魔法師向學生們說明。

「原來如此，所以法洛才沒能躲開。」諾亞恍然大悟。

「如果不能使用魔法，只憑著虛弱到快倒下的身體，的確是……」

凡諾斯眯起眼睛：「說清楚點。」

「公主殿下刺了法洛一劍。」即使不願面對，希爾仍是哽咽地說出事實。

這個發展顯然不在凡諾斯的意料內，他驚叫一聲：「居然是公主殿下動的手？眞沒想到。」

在眞的看見那一幕前，三人也不相信溫柔親切的公主殿下會殺了法洛。

短暫的沉默後，伊恩提問：「教授，您說我們可以來找你，所以您能救法洛嗎？」

「我原本想著，如果法洛只是受重傷，也許這東西可以派上用場，可是他已經死了。」

凡諾斯爲難地說。

「教授，您說的可能可以派上用場的東西是什麼？」伊恩不放棄地代替希爾追問。

「我這裡有一個道具，可以讓生物在裡面休息，算是沉眠吧，能加速身體自我痊癒。」

聞言，希爾顧不上眼裡止不住的淚水，立刻對凡諾斯說：「請借給我！」

「可是……他已經死了。」凡諾斯糾結地打量著毫無生氣的法洛。

「沒有試過怎麼知道？法洛不會那麼容易就死的！」希爾堅定地說。

「好吧，至少那個道具對收納一隻龍來說很好用，否則死亡後的一天內擬人術就會失效，到時候你們可扛不動他。」凡諾斯說完，起身來到書櫃後方的一個大木箱裡翻找。

凡諾斯回來後，希爾尷尬地問：「教授，您是什麼時候發現法洛是——」

「不然那時候和你一起在眞實之境裡的會是誰？你們不是一直形影不離嗎？這點觀察力我還是有的。」凡諾斯理所當然地說，接著遞給希爾一條項鍊，「你要的東西，它叫『光明神的祝福』。」

希爾接過項鍊，鍊子和上次凡諾斯給的銀鍊很像，不同的是這條項鍊上有顆琥珀色吊墜，仔細一看，吊墜中鑲著星辰般的圖案，是件非常漂亮的工藝品。

「這條項鍊的吊墜可以打開，對著法洛打開後默唸他的名字，只要他不抗拒，就可以把他收進去。」凡諾斯瞧著仍被伊恩和諾亞扛著的法洛，忍不住又說：「不過他都死了，也不可能抗拒啦。」

三人不知道該如何回應，希爾連忙把注意力轉到項鍊上，依照凡諾斯所說的方式操作，果然成功把法洛收進吊墜裡。

然而他隨後才驚覺一件很重要的事：「我忘記問怎麼把法洛弄出來了……」

要是凡諾斯教授心懷不軌故意不透露，那該怎麼辦？

要是凡諾斯教授說沒辦法把法洛弄出來，那該怎麼辦？

要是法洛就這樣因爲自己的粗心大意而失去復生的機會，那該怎麼辦？

希爾的內心跑過無數問句，每一句都讓他感到天崩地裂。

凡諾斯似乎看穿了希爾在想什麼，拍了拍希爾的肩膀：「放心，我不至於因為記恨你們半夜來翻我的研究室，就不告訴你方法。」

希爾三人瞪大了眼睛，驚慌失措。

「教授，您——」

「明明都放回原位了不是嗎？」諾亞脫口說，伊恩想摀住他的嘴也來不及。

「這裡可是我的研究室，東西放哪裡我很清楚，就算只偏了一點我也能發覺，包括那本已經絕版的畫冊《格菲爾小蜜桃的性感告白》被翻過，我也曉得。」

希爾驚訝得說不出話。承認進過研究室沒關係，但他絕對不要承認翻過《格菲爾小蜜桃的性感告白》！

「難道是因為黏怪的黏液少了一些……」諾亞又忍不住說，伊恩很後悔剛才沒有真的摀住好友的嘴。

凡諾斯不懷好意地瞧著諾亞和伊恩：「說起來，我這裡缺個打掃的人呢。」

伊恩推了推諾亞，而諾亞拚命搖頭，也推了推伊恩，顯然正在彼此推辭這項任務。

凡諾斯饒有興致地旁觀兩人的互動，決定不讓兩個小劍士失望：「我認為你們兩個都很合適，下週開始過來打掃吧！」

伊恩和諾亞愣了愣，見凡諾斯是認真的，只好認命地回答：「好。」

畢竟凡諾斯不追究他們未經許可入侵的行為就已經非常寬宏大量了，做點勞動服務也不算過分。

「教授……」希爾還等著凡諾斯說出把法洛放出來的方法。

「一樣是打開墜子，默唸他的名字，只要他不抗拒，就能把他放出來。」凡諾斯說完頓了頓，又按捺不住，「不過他都——」

希爾無奈地打斷凡諾斯的吐槽：「我知道他不會抗拒，謝謝教授。」

「你現在有什麼打算？他都這個樣子了。」

希爾一方面仍舊不清楚凡諾斯的底細，另一方面是他自己也不確定阿爾法特留下來的方法有沒有用，只好語帶保留：「我想去妖精森林尋求協助。」

「妖精森林啊，那個上古魔法的發源地也許眞有什麼辦法吧？」凡諾斯偏著頭喃喃說。

離開前，希爾想起在研究室裡找到的羊皮紙捲，欲言又止地詢問凡諾斯：「教授，您是不是在找龍？」

「全格菲爾的冒險者都在找龍，我不過是其中之一。」凡諾斯隨口應道，末了拍了拍希爾的肩，「龍是很危險的生物，我可沒有屠龍的志向。」

「那您爲什麼要幫助我們？要是被發現了，您也會受到牽連吧？」伊恩接著問。

「我曾經受過龍的恩惠，就當我是在報恩吧？」凡諾斯依然顯得漫不經心，語氣卻不似作僞。

「那位一定是和法洛一樣的好龍。」提起法洛，希爾不禁又感傷起來。

聞言，凡諾斯收起散漫的姿態，端出師長的模樣，語重心長地說：「孩子，去吧，期末考我會讓你補考的。」

「呃——好。」希爾尷尬應下，他總不能說不好。

出了研究室，希爾頓時感到心力交瘁，可是爲了救法洛，他明白自己必須堅強：「接下來該做什麼？」

「去希望之秋吧！和我一起回去找哥哥，討論怎麼救法洛。而且天亮後，海曼和尼爾也會過去。」伊恩這麼提議當然不僅僅是出於對哥哥的盲目崇拜，納特確實給人十分博學的印象。

「好。」希爾毫不考慮地一口答應。

這個時候他一點也不想回宿舍，少了唯一的室友，代表他得獨自面對空蕩蕩的房間。何況他現在一閉上眼睛，腦子裡就會浮現法洛滿身是血倒臥在地的畫面，這樣他又怎麼可能睡得著？

第六章 前進妖精森林

深夜，魔法道具修理鋪的年輕鋪主和以往一樣把大門關上並落鎖後，提著煤油燈往店鋪後方的臥房走去，準備迎接香甜的睡眠。

雖然今晚親愛的弟弟要去參加一個特別的晚宴，令他心裡有點不安，但既然法洛承諾過會保護大家，那他也就放心了。

龍族一向信守承諾，有強大的龍保護，沒有什麼需要擔心的。

由於帕米爾帝國學院採寄宿制，雖然學生下課後可以外出，平日晚上還是要回宿舍就寢，所以他在和平常相同的時間關門。

然而這個夜晚並不平靜，急促的敲門聲把剛睡下的納特吵醒了。

「誰啊？鋪子休息了，明天請早啊！」納特不耐煩地回了一聲，然後翻個身拉起棉被蓋住頭，打算繼續睡。

但急促的敲門聲沒有要停止的意思，納特隨即隱約聽見熟悉的嗓音：「哥哥，快開門！」

伊恩？

意識到門外的人是弟弟，納特明白肯定出事了，於是立刻從床上跳起來，拖鞋都沒來得及穿便直奔門口開門。

「你們怎麼了！」鋪子裡只擺了一盞煤油燈，仍足夠納特看到伊恩三人身上都有或多或少的血跡。

「我們——」諾亞剛想開口就被伊恩摀住嘴。

「進去說。」

納特隨即讓開通道，等三人進門後，他探頭看了看門外，確定沒有可疑人物才輕輕地闔上木門。

藍髮青年顧不上再去點幾盞煤油燈，隨手就放了個光球術，溫暖盈潤的光線照亮整個鋪子，三人狼狽的樣子被看得一清二楚。

「你們怎麼弄成這樣？哪裡受傷了？法洛呢？」法洛不是說了要保護大家的嗎？納特心裡滿是疑惑，說話的同時往伊恩身上丟了個治療術。

「我們沒受傷，這些血不是我們的。」伊恩澄清。

「那這些是誰的血？」納特這時自然沒有開玩笑的心情，皺起眉頭直問。

「是法洛的，他……」諾亞看了看希爾，欲言又止，他總覺得在希爾面前說出「法洛死了」會讓好友心裡更不好受。

「法洛……暫時死了。」希爾認爲加上「暫時」兩個字，聽起來比較不那麼令人難過。

「什麼？」納特愣住了，連伊恩都從未看過哥哥這麼吃驚的表情。

「法洛爲了救我們，不得不施展時間魔法，暴露了龍的身分，在耗盡魔力的狀態下被公主殿下用劍刺死了。」伊恩盡量簡明扼要地交代經過，「今晚發生太多事了，詳細的過程我們一邊休息一邊說？」

「好。」

隨後，四人圍著方桌落坐，納特爲他們準備了溫熱的蜂蜜水，驅散體內寒意的同時也幫助回復一些體力。接著，伊恩把今晚發生的事從頭到尾詳述了一遍。

「他果然沒有違背承諾。」納特聽完，幽幽地嘆了一口氣，「沒想到會是這種結局，一隻龍居然就這樣死了？他這是用命換了你們回來。」

藍髮青年無心的感言令希爾三人聽了都十分難受，深深地感到虧欠法洛。

「怎麼會發生這種事呢？晚宴的時候氣氛明明很好。」

「不知道是哪一樣食物被下了毒，居然連公主殿下都中毒了。」

「難道下毒的人是王子殿下？」

「除了他還會有誰？」

「不管下毒的人是誰，今晚果然不該去的。」

「別想太多了，既然他有心要害你們，就算今晚沒去，以後他也會變著把戲糾纏。不過今晚之後，國王陛下就該出面約束了，安東尼王子是做得太過頭了。」納特安撫三人，接著問：「對了，法洛呢？」

「凡諾斯教授給了我一條項鍊，是可以把生物收進去的魔法道具，法洛現在就被收在吊墜裡。」希爾說完，給納特看了那條項鍊。

「那個魔法學院的有錢教授？他不是哪個不懷好意的王族派來尋找龍的嗎？」納特懷疑地說。

「今晚教授特地到廣場來提醒我們，而且他說自己曾經受過龍的恩惠，我們猜想教授應該不是壞人。」希爾眨著眼睛，其實心裡也很忐忑。

「不管了，反正法洛都死了，那個教授也不能再作亂，如果是要搶屍體早就下手了。」納特轉念一想，隨即對希爾說：「道具讓我看看吧。」

雖然納特所經營的修理鋪看似瀕臨倒閉，在魔法道具方面他畢竟仍是專業人士，由他鑑定過項鍊確實比較保險。

希爾毫不考慮地把項鍊遞過去，納特接過後輸入魔力仔細探查，一會後才道：「裡面的確有空間魔法和治療術的波動，沒發現什麼可疑的。」

「知道怎麼把他弄出來嗎？」納特問，於是希爾按凡諾斯所說的試了一次，把法洛放了出來。

法洛和他們最後見到的模樣相同，閉著雙眼，俊美無瑕的臉龐上沒有一點血色，身上的衣服都沾著血，尤其是胸口那一片被大量血液浸得溼漉漉的。

大概是吊墜內有什麼特殊的保存機制，所以血液看起來還是鮮紅色，修理鋪裡也因此瀰漫著血腥味。

「看起來滿慘的。」納特雖然做好了心理準備，但看到法洛心口處破了個大洞、渾身是血的樣子，還是不由得心頭一凜。

「哥。」伊恩拉拉納特的袖子，提醒他不要再刺激希爾。

「把他收進去吧，別讓血腥味飄進鄰居家，被人以爲這裡發生兇殺案就不好了。」

雖然每看一眼都感覺心裡猶如被刀劃過，希爾仍是難受地多看了兩眼，像是要把法洛的樣子記住，隨後才忍痛將法洛收回吊墜，接著戴上項鍊，並把吊墜收進衣服內側貼身保管。

「接下來有什麼打算？」

「我要去妖精森林，阿爾法特說拿著信去找精靈王，就能夠復活法洛。」希爾堅定地說出計畫。

「你說的是千年前的那位勇者阿爾法特？」納特訝異地問。

於是希爾又花了點時間解釋自己是開國勇者的後代子孫，以及魔法石裡關於如何拯救法洛的訊息。

納特聽完，經過短暫思考後，自顧自地宣布：「既然法洛有機會活過來，當然是要救的。決定了！我和希爾一起去妖精森林，伊恩和諾亞回學校上課。」

伊恩不解地望著納特：「我們不能去嗎？」

「我們一起去能幫上忙吧？人多力量大啊！」諾亞附和。

「你去過妖精森林嗎？」納特瞇眼打量諾亞。

「沒有。」諾亞老實回答。

「我去過。」納特露出勝利的笑容，「這就是為什麼我陪希爾去就夠了。」

「我相信哥哥。」伊恩順從地點頭。

「好吧，法洛就拜託你們了，我會每天都爲你們向光明神祈禱的！」見納特態度堅決，諾亞也不再堅持。

「我去收拾東西，天一亮就出發，有紅石商會的傳送陣可以省不少力。」納特起身走向後面的房間。

這個晚上，四人都沒有睡覺，他們各自爲納特和希爾的未知旅途進行著準備，並等待著黎明到來。

首先，希爾三人好好地洗了個熱水澡，滌去身上的疲憊和血腥味，伊恩還拿了乾淨的衣服給希爾和諾亞換上。

家裡經營鹹派鋪所以廚藝不錯的諾亞，則是爲大家準備了宵夜。在被魔法逆轉了身體時間後，希爾三人都回復到沒吃過晚餐的狀態，肚子裡空蕩蕩的，這時候來一盤熱騰騰的蘑菇肉醬麵再適合不過了。

納特換了身裝束，在深色的外出服外披了魔法師袍——魔法道具修復師當然得是魔法師才能擔任，不過並不是每位魔法師都懂得修復道具。

「納特的魔法師袍沒有階級的紋印？」希爾注意到這個細節，好奇地問。

「是啊，我沒去參加等級考試，但是該會的都會一點吧？」納特無所謂地表示。

「都會一點的意思是？」希爾有點抓不準納特的實力。

「放心，雖然法洛不在，我也會盡力保護你的。」納特已經從稍早的震驚裡恢復過來，言行回到一貫的散漫隨性，不經意間流露的自信卻令人感覺可靠。

伊恩聽了，也認眞地對納特說：「哥哥要保護好希爾。」

「當然。」納特一口應下，臨行前不忘對伊恩說：「我不在的時候，你要好好照顧自己。」

「我會的。」

「很好。」納特欣慰地說，眼神宛如總算盼到孩子長大自立的父母。

「哥哥為什麼一副很擔心我的樣子？」

「因為從我們相遇開始，你就沒離開過我啊。」

「我已經長大了，你不用擔心，而且現在家務幾乎都是我在做……」

「好了好了，我不擔心就是了。」納特趕緊阻止伊恩繼續爆料，他還想替自己留一點形象——如果有的話。

「哎呀，又不是不會再見面了。」諾亞不由得打趣地道。

「我們會盡快回來的。」希爾跟著出言安慰。

兄弟倆說了再多話，終究還是要道別，伊恩給哥哥的囑咐只有一句：「注意安全，早點回來。」

「知道了。」納特點點頭，給了伊恩一個擁抱。

天邊剛剛露出曙光，魔法道具修理鋪外便悄悄停了一輛紅石商會的馬車，納特和希爾在伊恩、諾亞的目送下上了車。

馬車的車夫是希爾見過的崔斯特，他安靜地做著份內工作，兩人一上車，馬車便平穩地駛離希望之秋。

海曼和尼爾自然在車廂裡，希爾把納特介紹給兩人認識後，進入正題：「我們現在要去哪？」

「我會把你們帶到傳送陣所在處，由於大型傳送陣建置費時，且啟動需要消耗相當多的魔力，所以確切地點不方便透露。」尼爾溫文有禮地表示。

「我們會保密的。」希爾立刻保證。

「納特呢？」尼爾看向藍髮青年。

納特懶懶一笑，配合地說：「放心，我不會說出去的。」

「我已經通知了傳送陣另一邊的人，到了那裡會有人接應你們。由於妖精禁止人類商會的成員在他們的領地內活動，所以要進入妖精森林必須靠你們自己。」尼爾說明狀況，看來這一晚他也沒有閒著。

「好的，能把我們送過去就已經幫了大忙，真的非常感謝。」希爾由衷地說。

「紅石商會果然勢力龐大。」納特點點頭，對於一個晚上就能聯繫好這些事的尼爾多少有些佩服，心裡也不禁好奇紅石商會內部的組織和聯絡方式，雖然他明白尼爾肯定不會說。

等尼爾交代完注意事項，換海曼開口：「這個是可以向舒特商會請求任何補給和協助的信物，紅土大陸上的所有舒特商會分會都會盡力滿足你的需求。」

海曼手上是一個鏤刻著舒特商會標誌的手環，希爾接過後慎重戴上，以免弄丟了。

納特望著那個手環，眼睛一亮：「這是好東西。」

「當然，紅土大陸上擁有這個信物的人不超過五個。」海曼語帶驕傲。

「謝謝你，海曼。」希爾這才發現海曼其實人還不錯。

「受了恩惠就該回報，這點我還是明白的。雖然法洛是那個……不過他沒做什麼壞事，還救了我。」海曼隱去關鍵的「龍族」兩字是爲了避免麻煩和尷尬，畢竟這個話題太敏感。

「如果法洛復活了，你們就到處去遊歷吧，我看法洛好像很喜歡旅遊的樣子，圖書館裡的旅遊書都被他借遍了。」

海曼是不是默默地在關注法洛？居然連這點都曉得。

但是理智告訴希爾還是別問這個問題，驕傲的舒特商會繼承人肯定是不會承認的。

「我們會考慮的。」希爾點頭，身分曝光的法洛應該無法再回到格菲爾了，甚至可能會被整個帕米爾帝國通緝。也許等法洛醒來之後，可以問問龍族的擬人術能不能換張臉。

「到了。」

希爾下車後，發現自己被帶到了一座很大的倉庫裡，四周整齊堆放著像是貨物的東西，數量驚人、種類繁多。此處的燈光並不明亮，也許是基於保密原則，主要的照明僅來自高處一排狹長格子窗灑落的光線。

兩名穿著紅石商會制服的中年男子在馬車旁迎接四人下車。

「少爺，都準備好了。」

尼爾點頭表示知道了，兩名男子隨即帶頭往前走，尼爾也對三人說：「走吧。」

眾人走了一段路，穿過一條長廊，最後兩名男子在看似死路的地方打開了一扇門。

「就是這裡了。」

「傳送陣已經設定好目的地爲德布森。」其中一名男子向尼爾報告完，讓開身子，尼爾便領著大家踏入門內，兩名男子則在門口守候。

一進入房間就能看到正中央的地面有個傳送陣，充斥魔法符文的光輪正規律地轉動著，外圈是順時針旋轉，內圈則是逆時針旋轉，符文不時閃動光芒，十分華麗眩目。

「太美了。」希爾即便心情低落，見到房間裡的傳送陣仍不由自主地讚嘆。

「這個傳送陣的動力來源呢？」納特環顧四周，按捺不住好奇發問。

「平常會有魔法師將魔力輸入儲備裝置，需要的時候只要以簡單的咒語就能啟動，這樣就不必隨時都有高階魔法師輪值。」尼爾淡淡地說，彷彿這不是什麼太困難的事。

希爾第一次見到這種大型傳送陣，長了不少見識，而一旁的海曼神色自若，或許舒特商會也有個這樣的傳送陣。

納特嘖嘖兩聲，對紅石商會的財力表達肯定和羨慕，接著忍不住問：「這種儲備魔力的裝置補充一次魔力的報酬多少？缺不缺人？」

「納特，你很缺錢嗎？」希爾不解地望著藍髮青年。

「我說笑的。」納特尷尬地一笑。養弟弟可不容易啊，這些年他養成了有外快就賺的習慣，一時改不掉。

見希爾和納特沒有疑問了，尼爾續道：「紅石商會離妖精森林最近的傳送點在德布森，那是一個人口大約八百人的小鎮，已經定位好了。」

尼爾說完，做了一個「請」的手勢，示意希爾和納特站到傳送陣中。

「尼爾、海曼，謝謝你們。」

「祝你們順利。」

「再見。」

「再見！」

道別後，希爾和納特一起踏進傳送陣，沒多久一道藍色光芒一閃，傳送陣內的兩人便失去了蹤影。

藍光一閃，希爾感覺身體變得輕盈，彷彿雙腳離地浮了起來。一陣強大的魔法波動驀地襲來，他頭暈目眩，身體像是要被拆解了似的，幸好這感覺只維持了一眨眼的工夫，隨即藍光褪去，兩人來到了紅石商會在德布森小鎮的分會裡。

他們所在的場所和格菲爾那裡的傳送陣房間風格一致，但面積至少小了一半，兩名同樣身穿紅石商會制服的中年男子手上提著煤油燈，在傳送陣前接應。

「歡迎兩位貴賓來到德布森。」

「需要稍作休息嗎？」

「聽起來好像不錯。」納特一臉心動，說完卻馬上感受到來自希爾的視線，於是趕緊正色道：「不過我們還有重要的事，現在就必須出發。」

「眞是可惜了。」招呼兩人的中年男子露出理解的表情。

「是啊，雖然很想待著享受紅石商會的招待，可是有隻龍還等著我們去拯救呢！」納特用輕挑的語調說，那個救龍的玩笑當然沒人當眞，只有希爾暗暗捏了把冷汗。

兩人在接待者的引領下離開商會，外頭的天色剛亮不久。

紅石商會在此處的據點位於小鎮中心，建築外是鎮上最熱鬧的一條街，一大早就有市集，蔬菜水果、豬牛牲口和日常雜貨等攤販一字排開。

走出商會，希爾有些不適應明亮的陽光，瞇著眼睛要辨別方向。

「這裡我來過，跟著我走吧！」納特自信地邁開步伐。

「好的。」希爾小跑步跟上，同時慶幸能有去過妖精森林的納特同行眞是太好了。

納特帶著希爾一路往小鎮西邊走，德布森雖然是個不滿千人的城鎮，但麻雀雖小，五臟俱全，各項基礎設施即便簡易也堪稱完備。由於兩人在出發前已經準備了充足的糧食飲水和藥品，所以並沒有在這裡進行補給，正要踏出小鎮的西邊出口時，一名老人叫住了他們。

「你們是外地人吧？」

「是的，我們要去妖精森林。」

「又是去冒險的嗎？現在的年輕人就是衝動，每支冒險隊都碰了一鼻子灰，連配備精良的大隊人馬都失敗了，何況你們只有兩個人？勸你們別去自找苦吃了。」

「爲什麼不能去妖精森林呢？」

「妖精森林裡的精靈不歡迎人類。」

「哦？」納特好奇地看著老人，「精靈族一向愛好和平，尊重不同種族，為什麼會排斥起人類呢？」

「大概三十年前，有一批商會的人進入妖精森林搜刮擄掠，被趕了出來，從此精靈族就不再歡迎人類，尤其是打著人類商會旗號的隊伍。」

「原來是這樣啊。」

「謝謝您的忠告。」希爾有禮地向老人道謝。

「聽了這些話後，你們還要進去嗎？」

「是的，我們有必須進妖精森林的理由。」希爾堅定地表示。

「妖精森林沒那麼可怕吧？」納特則是顯然把老人的忠告當耳邊風。

「好吧，別怪我沒警告你們。」老人無奈地嘆了一口氣，踏著遲緩的步伐離開。

「走吧，別管他了。」納特吹著口哨，和希爾一起出了小鎮。

小鎮外的道路不寬，僅容一輛馬車通行，而兩側一邊是堆滿碎石的黃土地，另一邊是雜亂的灌木林。

沿著小路前進，遠方那片茂密的森林便是他們的目的地。

棕髮的魔法學徒走著走著，越想越不對：「納特，你不是進過妖精森林嗎？怎麼會不知道剛才那位老人家說的事呢？」

吹著口哨的納特停下來，無辜地說：「我上次來的時候還沒有這種事啊。」

「可是他說這件事發生在三十年前，你上次進妖精森林是什麼時候？」

「一百年前。」

「什麼？你在開玩笑嗎？」希爾覺得納特肯定是在開玩笑，藍髮青年外表看起來不過二十多歲，一百年前根本還沒出生吧？

「我是不是沒說過我幾歲？」見希爾一臉愕然，納特賊賊地笑了，「現在也沒什麼好瞞的了，就告訴你吧！我一百二十四歲了。」

「這絕對是個玩笑吧？你看起來一點也不像超過一百歲的樣子啊……」

納特的皮膚光滑，身材高䠷結實，眼角眉梢帶著慵懶的笑意，說他不到二十歲也會有人相信。

「我啊，不是人類呀，算是半龍半人吧？」

半龍半人？那是什麼？希爾無法理解。

「我是龍和人類的混血。」納特依舊微笑著，「你們上過歷史課吧？滅龍戰役那部分？」

「上過。」

「我父親是龍族的帕諾米斯特，而母親是克莉絲汀公主。」

「啊！是滅龍戰役最初的導火線？」這段歷史剛考完，希爾記得很清楚，頓時震驚了。

「那根本不是什麼綁架，單純只是因為他們兩位兩情相悅，又不被理解，於是就私奔了。」納特說著，臉上難得閃過一絲愧色，為父母當年魯莽的行為感到汗顏。

希爾想到法洛說過「人類的歷史真是虛假得可怕」，眼前就是一個活生生的例子。

「沒想到原來是這樣……愛情故事比綁架事件好多了，希望他們幸福。」

「幸福是肯定的，他們在我二十歲生日時說要享受兩人世界，叫我自立自強想辦法過活，就不管我了，現在八成在哪裡恩愛地過日子吧？」

希爾意識到一個不尋常之處：「難道克莉絲汀公主五百多歲了？」按理說，身爲人類的克莉絲汀公主不可能活到如今。

「是啊，他們簽了生命共享契約，誰也不會比對方多活一秒。」

「生命共享？」希爾發現這似乎和法洛把生命力分一半給他不同。

「對啊，父親說沒有母親的日子他也不會想活，所以死皮賴臉地逼她簽了契約。」納特光是想起父母如膠似漆的畫面，就覺得再次被閃瞎。

「令尊和令慈的感情眞好。」

「是啊，談個戀愛能像他們那麼驚天動地也不容易。」

聞言，希爾忍不住點頭贊同。談戀愛能談到兩方種族大戰，他還是第一次聽說。

「所以納特也算是龍族，也就是說，格菲爾裡不是只有法洛一個龍族。」希爾心想，明明滅龍戰役後龍族就幾近絕跡了，他居然能遇到兩個？

「是啊，不然紅石商會拍賣的那些龍血哪來的呢？」

希爾回憶起上次和法洛去拍賣會探查時，正巧遇見納特，於是好奇地問：「你知道那些龍血的來源了嗎？」

「我都向你坦承身分了，你還沒想到嗎？雖然和純正的龍族比起來效用差了點，我的血也是有不錯的療效的。」納特自信地說。

「什麼！那位提供龍血給紅石商會的神祕人物就是你？」

「對啊，爲了準備那麼多血，我可是每隔幾天都要受點皮肉之痛呢。」

「爲什麼這麼做？」希爾不解。

「我也好奇魔法學院裡傳出的龍吟是怎麼回事呀，總要丟點誘餌嘛。」說到此處，納特表情僵了一下，歉然道：「得知法洛是龍之後，我就停止了供應龍血給紅石拍賣會，原本想等學期末變回龍形飛離格菲爾，讓那些想屠龍的人死心，也讓法洛能繼續待在學院裡。沒想到法洛會被逼當眾施展時間魔法，還踩進禁魔領域的陷阱……都怪我太留戀格菲爾的美好。」

「法洛不會怪你的，雖然他沒說，可是他願意表明龍族的身分，就表示他也把你們當作朋友。」

納特抓了下頭，很是困擾的樣子：「這樣如果沒把他救活，總覺得欠了他很大的人情啊，看來只好用盡全力了。」

「用盡全力？」難道他們現在還不算用盡全力嗎？

「對啊，既然被你得知我的身分了，我們就用快一點的方式前往妖精森林吧！」

「什麼方式？」

「飛行術。」

「我不要被綁上蝴蝶結吊起來飛！」希爾的腦中浮現慘痛的回憶，自從被法洛那樣對待後，他就有了戒心。

「我可沒有那種嗜好，難不成法洛喜歡把你綁上蝴蝶結？」納特毫不留情地取笑。

「你誤會了，重點是攜帶的方式啊！」希爾崩潰不已，而納特哈哈大笑。

「帶著你飛不是不行，不過可以的話，我也想省點力氣。」

最後，納特沒把希爾吊起來，也沒綁上蝴蝶結或是玩別的花樣。

「飛行術是高階魔法，你現在學起來會有些勉強，但可以先從飄浮術開始。原本是法洛要教你的，就讓我暫代吧。」

飄浮術是令風元素精靈圍繞在四周使身體浮起的方法，如此一來，納特就可以讓希爾拉著他的衣角一起飛行。

「我一定認真學！」

妖精森林的外圍雖然在能夠一眼望見的地方，但即使用了飛行術，他們也花了將近半天才抵達。

納特輕鬆地降落在森林前的一塊空地，動作帥氣而俐落：「到了。」

緊接著落地的希爾第一次經歷這麼長途的飛行，臉色有些發白。

「你的臉色不是很好？啊，我忘了問你有沒有懼高症。」

「沒事，只是天氣太涼，風太冷了。」

「哦？所以下次可以飛高一點嗎？」

「不，可以的話還是飛低一點好了。」希爾難掩侷促和尷尬。

納特忍不住揶揄：「法洛不坦率也就算了，你是被他傳染了嗎？」

「我其實沒那麼怕高的。」希爾還想解釋些什麼。

「好了好了，我們先在這裡休息吧，進了林子可就不知道什麼時候能休息了。」

「好的。」

希爾明白納特是體貼地考慮了他的狀態，雖然他剛才只是用飄浮術飄著，但因爲時間比較長，所以消耗了不少魔力。他趕緊把握時間吃了點乾糧，又喝了半管恢復劑，盡快補充魔力以備不時之需。

想到剛剛的飛行，納特忍不住打趣道：「怎麼樣？我比法洛溫柔多了吧？」

「不一樣的，法洛也有溫柔的時候。」比如自顧自地送他禮物、把生命力分給他，還有不惜暴露身分也要施展時間魔法拯救大家。

「哦？居然替他說好話。」

「我只是說出眞實的感受。」希爾眞誠地眨眨眼睛。

「眞羨慕法洛啊，能遇到值得信任的夥伴。」

「你也有伊恩啊！」

「如果他得知我不是人類，不曉得會是什麼反應？」納特說著，眼神一黯。

「他一直很尊敬喜愛你，就算得知眞相也不會改變的。」

「但願如此。」

納特說完便站起身，振作精神朗聲道：「好了，該出發了。接下來要進入森林，裡面不方便用飛行術，我們必須步行。」

「好。」希爾點頭，和納特一起邁步走進森林，同時提起全副心神注意四周的異動。

「放心，雖然我比不上法洛，但保護你應該足夠。」

納特注意到希爾有些緊張，於是出言安撫。雖然改不了那漫不經心的樣子，不過在他表明身分後，這個承諾的分量更加足夠了。

「謝謝，可是我也想出一點力。」經歷過幾次事件後，希爾不希望自己仍僅僅是個被保護的角色。

納特微感訝異，隨即對希爾的態度表達肯定：「你會成長的。」

妖精森林裡的樹木皆有千年以上的樹齡，每棵樹都高聳而粗壯，枝葉細卻密集，將頂上的陽光遮去了七、八成。林子裡十分靜謐，只有偶爾響起的鳥鳴迴盪著。

兩人走了一下午，好在林中相當涼爽，希爾並沒有感覺特別疲累。

「有點不對勁。」納特示意希爾一起停下腳步。

「怎麼了？」

「林子裡和我過去進來時不太一樣，我們在兜圈子。」納特指著一棵樹幹上被劃了個蝴蝶結刻痕的樹，「你看，這是我剛才做的記號。」

「你不是來過？怎麼會現在才發現？」

「畢竟我一百年沒來了啊！」

納特的理由成功說服了希爾，畢竟他覺得如果是自己走進這樣的林子，可能不到一天就記不得路了。

「好吧，那現在該怎麼辦？」

「如果繼續繞下去可能永遠也到不了，我們需要有人帶路。」

「我們已經在森林裡了，去哪裡找人帶路？」

「正確地說，是找精靈帶路。」

「你有認識的精靈？」希爾心中燃起希望。

「沒有。」

希爾那微弱的希望瞬間熄滅。

見希爾垮了臉，納特趕緊補充：「對我有信心一點嘛！這裡是妖精森林，精靈一族的棲息地，想認識精靈還不容易嗎？」

「有很容易嗎？」希爾環顧宛如沒有邊際的森林，怎麼看也沒見到精靈的蹤跡，要去哪裡找一個精靈認識？

「這裡是一個結界，而且是重要的結界，一定會有守護者，而這個守護者一定是精靈。」納特說完，凝神低唸了句咒語，往森林深處丟去一個颶風術。

狂暴旋轉的颶風突然出現，高聳直沖天際的風捲以不可預測的路徑迅速前進，所經之處樹木皆被連根帶起，掃過之處一片狼藉。原本林木茂密得看不見天空的森林硬是被清出一小片狹長空地，暖和的冬陽灑落光芒。

見破壞的效果不錯，納特滿意地點點頭，默唸咒語又丟了幾個颶風術。

樹木倒塌的巨響接連傳來，一棵棵古老的樹木都彷彿因害怕而顫抖，枝葉簌簌搖晃著。

沒多久，一道憤怒的聲音在密林間響起，雖然說的是人類語言，卻顯得有些生澀。

「妖精森林爲精靈一族領地，不容汝等外來者破壞，汝等盡速退去！」

「我們有事要找精靈王。」

「精靈王不見外人，回去吧！」

「不行，我們眞的有很重要的事，請讓我們見一見精靈王。」希爾焦急地說。

「再不走，就不保證汝等的人身安全了。」

「如果我們就是不走呢？」面對威脅，納特依然笑著，而且又丟了一個颶風術，挑釁意味十足。

希爾感覺藍髮青年期待著即將到來的戰鬥，臉上的笑容比平常還張揚，這令他想起法洛。他懷疑龍族是不是都有好戰和喜歡刺激的基因。

隱藏於暗處的守林者顯然急了，氣憤不已地說：「不識好歹的人類！那就別怪精靈族沒手下留情！」

話音剛落，如瀑箭雨驀地從天而降，每一箭都射往希爾和納特的要害。

「是你們逼我的。」納特目光一斂，手上畫圓迅速招來一群活潑的火元素精靈，「沉眠於深紅的卡特納拉，請呼應我的召喚，綻放美麗的紅炎之火！」

林中溫度陡然升高，希爾心裡隱隱覺得不妥，在這麼一大片森林裡使用火系魔法，稍有疏忽就會一發不可收拾。

納特手上出現一顆巨大火球，隨即毫不遲疑地把火球丟往守林者的方向。

紅炎之火高速擊中古木，古木林間竄出一隊大約二十名的精靈弓箭手，和一名像是隊長的精靈。精靈弓箭手們身穿淺綠色袍服，唯有領頭那位精靈的衣袍上有著金色滾邊和紋飾。

「散開！瞄準入侵者！」

精靈們立刻依指令散開，找好掩護，同時拉弓搭箭瞄準納特和希爾，動作迅速、身手矯健。

「居然在妖精森林裡使用火系魔法，看來你們根本沒把精靈一族放在眼裡！」那名像是隊長的精靈氣憤地說，聲音極爲熟悉，顯然就是剛才發話的守林者。

「還以爲精靈的脾氣都很好。」納特小聲抱怨。

希爾對於納特還有餘裕發牢騷感到驚訝，無奈地問：「你是不是應該專心一點？」

「我一直都很專心。」

「小心！」

「咻！」

希爾話還沒說完，一支箭就朝納特射來，幸好藍髮青年反應快，側了側身，箭矢才堪堪擦著臉頰掠過。尾端有著鳥羽的箭矢射進樹幹，箭身幾乎沒入三分之一，可見力道之強勁，被射中的話後果不堪設想。

不只希爾看了嚇了一大跳，就連納特也有些心驚：「我記得精靈是愛好和平的種族？」

「是的，但對入侵者除外！」守林者向其他弓箭手下了指令，「放箭！」

「那我就不客氣了！紅炎之火！」納特把希爾拉到身後，手上畫圓迅速凝聚火球，除了燒掉射來的箭矢，也用以攻擊。

躲在納特身後的希爾雖然覺得在古老的妖精森林使用火系魔法很不好，但在來者不善的情況下，也只好跟著施放火球術：「來自深紅的卡特納拉，我在此呼喚你的名字，綻放吧！」

一連幾顆燃燒著的火球擲向精靈們作為掩蔽的古木，守林者再度發號施令：「散！」精靈弓手們踏著樹幹躍起，幾下起落就轉移陣地掩蔽好身形，還朝納特射了好幾箭。至於那些火球則是砸在樹幹上，令好幾棵古樹都冒出火苗。

由於妖精森林裡幾乎全是千年古木，林中長年少有日照，溼氣很重，不是那麼容易燃燒，雖有十多處著火，但目前火勢並不猛烈。

「我們是不是應該好好談談？」納特笑笑地釋出善意——在丟了幾個颶風術和紅炎之火後。

守林者眼看多處起火，臉色更加陰沉，他沒空搭理納特，畢竟有現在就必須立刻處理的事。他嘴上默唸幾句，隨即烏雲聚集，在起火處降下雨幕，雨勢又快又大，沒多久便澆熄了烈焰。

「八成是用魔法道具吧？我記得精靈沒幾個擅長水系魔法。」納特喃喃說。

精靈崇尚自然，一向不說謊，而守林者顯然也不覺得有隱瞞的必要：「身為守林者，自然有相應的魔法道具。」

「大家心平氣和地說話不是很好嗎？何必動不動就放冷箭？至於那幾顆小火球，我相信精靈族有辦法應付的。」納特恢復漫不經心的態度，臉上掛著微笑。

「那可不是一般的火球術。」

「別計較這個，朋友，我叫納特，我旁邊這位是希爾。你叫什麼名字呢？」

「我是嘉蘭諾德，我們不是朋友。」

「我還以為精靈是友善的種族。」

「我們只對朋友友善，但是你們剛剛想燒掉妖精森林，所以我們不是朋友。」

「是你先用箭射我們的。」納特故作無辜。

「因為你們擅入妖精森林。」

「我們不是擅入，我們有事要見精靈王。」

「王已經有一百年沒接見外人了，他不會見你們的，回去吧！」

「我帶了阿爾法特要給精靈王的信，是他讓我們來的。」希爾見狀趕緊插話。

「那位千年前的人類勇者？」聽見阿爾法特的名字，嘉蘭諾德不由得面露驚訝，就連那二十名精靈弓手臉上也浮現了驚訝和好奇之色。

「就是他，是很重要的事，拜託你了！」希爾說著，拿出那封有著阿爾法特署名的信，證明自己所言不虛，「你看，我說的是真的！」

守林者表情略顯為難：「好吧，如果真的是阿爾法特交付的事情……」

「當然是真的！我願意向光明神發誓！」希爾急急表示。

一旁的納特幫腔：「這麼眞誠可愛的孩子都說願意發誓了，沒什麼好懷疑的了吧？」

嘉蘭諾德勉強點點頭，饒有深意地瞧了一眼納特，顯然如果說要發誓的是納特，這位守林者大概就不會輕易相信了。

「跟著我。」

「我帶你們到精靈王的宮殿外，如果王願意見你們，你們才能進去。」

「好的，非常謝謝你！」希爾衷心感謝。只要有一絲希望，他便不想錯過。

守林者說完，帶著一隊精靈深入森林裡，精靈在林間移動的速度非常快，修長有力的腿踩著樹幹和樹枝不斷跳躍前進，從這棵樹跳到另一棵樹只需要一眨眼。

精靈們完全沒有要配合人類的意思，如果納特和希爾再不跟上的話，金髮綠服的身影就要消失在視線裡了。

「他們快不見了！」希爾焦急地叫道，深怕就這樣跟丟了。

「放心。」納特拍拍希爾的肩。

「快點！」

「雖然我說過在林子裡最好不要用飛行術，但那是爲了避免陷入不可知的陷阱。現在既然有人帶路，我們就不用擔心了，你忍耐一下吧。」

「什麼？」

希爾仍在狀況外，納特已經把他攬進懷裡單手夾好，飛了起來。周遭的景色還來不及看清就迅速往後退，耳邊是凜冽的風聲，納特飛行的速度比精靈們還要快。

「啊——」猝不及防之下，希爾不由得發出慘叫。

這時，他才意識到之前用飛行術來到妖精森林時，納特的確放慢了速度，怪不得一落地就和他討論關於溫柔的話題。

第七章　正義的兩難

嘉蘭諾德領著納特和希爾在林子裡忽左忽右地穿梭，頭昏眼花的希爾早已失去了方向感，所幸納特始終保持著一定的距離，穩穩地跟著。

過了好一陣子，兩邊的樹木變得稀疏，逐漸有陽光灑落，日照變得恰到好處，林間也開始出現精靈族的樹屋，以及一個個精靈。他們不分男女老少，全都好奇地瞧著納特和希爾。

顯然，他們已經來到妖精森林深處，精靈一族真正的棲息地。

「你們先回去，我帶他們去見王。」嘉蘭諾德對那二十名精靈弓手說。

「遵令。」

精靈弓手們收到號令，隨即散開，幾個起落後希爾便看不見他們的身影了。

「真懷念，精靈的棲息地好像都沒變啊。」舊地重遊，納特興致盎然，指著頭頂上的樹屋對希爾說：「精靈是搭建樹屋的高手，這些樹屋冬暖夏涼，上面的視野很好，空氣又清新，有機會你一定要住看看。」

「呃……」希爾發現那些樹屋有點高，且不提有沒有懼高症，光是怎麼爬上去就是個問題。

「還有精靈族釀的莓果酒，那獨特的酸甜酒香更是令人回味無窮！」納特一臉沉醉地說。

「我還沒成年，不能喝酒的。」

「在外面就不用管人類的規矩了。」

「不行。」

「有什麼關係？你明年就成年了吧，先體驗看看美酒的滋味也無妨。」

「伊恩也喝過了嗎？」

「怎麼可能，那小子一板一眼的，把自己管得可好了，還反過來管我，當家長要做榜樣也是很累的。」藍髮青年一邊笑著一邊揉揉額角，不知是真的覺得困擾，還是其實挺開心的。

「如果伊恩知道你要我喝酒——」希爾突然間明白該怎麼回應納特了。

納特臉色一變：「算了算了，當我沒說，千萬別告訴他！」

「我們是來救法洛的。」希爾提醒納特。

「我知道，只是難得來一趟，法洛應該不會介意我們稍微耽擱一下。」納特眨眨眼，「至少他在項鍊裡沒抗議嘛。」

納特這完全是強詞奪理，但希爾偏偏被說得啞口無言。

如果法洛現在是能說話抗議的狀態，他們還需要來這裡嗎！

不遠處的嘉蘭諾德等得不耐煩了：「你們還要去見王嗎？」

「當然！」希爾趕緊跑過去，納特懶懶地打了個呵欠後也跟上。

「跟我來。」

兩人跟著嘉蘭諾德繼續往前走，經過一道小坡後，路面從泥土地變成石板路，他們來到森林邊緣，眼前景色豁然開闊。

「哇！好美！」

「原來精靈王宮是這個樣子，看起來還不錯嘛。」

「安靜。」嘉蘭諾德板著臉告誡。

眾人眼前是一座有著高聳尖塔的壯麗城堡，整體是月牙白的色調，規模大約只有帕米爾王宮的一半。建築風格反映出精靈族崇尚自然的本性，雕刻和裝飾皆是與森林、花朵、動物相關的元素。

精靈王的城堡倚著一面山壁，周遭被十數棵神木包圍，既是城堡座落在神木間，也像是神木支撐著城堡。而山壁另一側是一座不確定有多深的山谷，從三人的角度看去，只能見到山谷下方一片綠意。

這座城堡透著詭異的靜謐，一個守衛都沒看到，且不只外牆上攀滿了綠藤，連城堡那高聳的大門也爬著藤蔓，像是很久沒有打開過，幾乎是廢棄狀態。

嘉蘭諾德恭敬地單膝跪在王宮門口，朗聲稟報：「王上，這裡有兩名人類要見您，他們帶著千年前人類勇者阿爾法特的信。」

身為賓客，納特和希爾雖然不用一起跪拜，仍禮貌地在旁躬身行禮，一同等待精靈王的回應。

半晌，高聳的大門內沒有傳出任何聲音。

希爾懸著一顆心，他害怕精靈王不願意見他們，害怕無法救回法洛，害怕永遠失去摯友。

「在這麼遠的地方說話，精靈王聽得到嗎？是不是該站近一點啊？」納特等得不耐煩，忍不住開口問。

「精靈王宮前不得無禮！我們一直以來都是在這裡稟告所有事務的。」

「無禮？我明明很有禮貌地舉手發問了。」納特抱怨著，但考量到精靈的聽力很好，他只敢用蚊鳴般的音量。

而希爾心想，說不定精靈王眞的能聽見他們在城堡前的交談，所以不敢說話，僅是對納特比了個噤聲的手勢，避免因爲這種小事觸怒精靈王。

「王上，是不是讓這兩個人類回去呢？」嘉蘭諾德換了個問題，問完依然安靜地等著回應。

希爾一聽，連忙出聲：「等等，我們眞的有重要的事情求見，精靈王陛下，是阿爾法特讓我們來找您的！」

「我們可是特地從帕米爾過來的，連見都不見就趕人不太好吧？」納特也抗議。

嘉蘭諾德的耐心本就不多，在藍髮青年多次挑釁後徹底耗盡，立即低喝：「不得無禮！」

此時，王宮大門上的藤蔓奇異地扭動起來，原本爬滿門扇的綠藤迅速退開，露出鐵灰色的門扉和門把，完全不像塵封許久的樣子。

「看來王上的意思是讓你們進去。」嘉蘭諾德似乎對這個結果不大滿意。

「藤蔓居然自己動了？」希爾訝異地看著那扇大門。

「精靈王有說話嗎？我沒聽見聲音啊，你們這樣就能懂他的意思？」納特笑著問。

「你們可以進去了。」嘉蘭諾德不想多做解釋，一副公事公辦的態度。

「太好了！謝謝精靈王陛下！」希爾朝著大門的方向道謝，他認爲嘉蘭諾德說精靈王聽得到應該是眞的。

「那就走吧。」納特邁開大步，走了兩步後又回頭，詢問金髮的守林者，「你不一起來？」

「沒有經過允許，我是不能進去的。」

「不是允許了嗎？」希爾指著撤去綠藤的大門。

「剛剛只稟報了你們兩人求見，沒有說我要進去。」嘉蘭諾德耐著性子說明。

「精靈就是死腦筋。」納特小聲地對希爾說。

嘉蘭諾德的尖耳朵動了動，表情一沉：「我只是遵守該遵守的規矩，沒有死腦筋。」

「哎呀，被聽到了。」納特吐吐舌頭，卻沒半點歉意。

「別說了。」希爾拉了拉納特的袖子，示意納特別再激怒對方。他深深懷疑是不是龍族都有著惹事的基因？

「謝謝你，那我們進去了。」希爾向這位精靈誠心道謝，收到感謝的嘉蘭諾德心情這才稍稍好轉，對人類少了一點惡感。

希爾準備推門而入時，被納特叫住：「等一下，我來。」

他明白納特是擔心會有意外，於是依言後退，讓藍髮青年上前。納特右手輕輕覆在門上，用感知探索這扇門是否有異常波動。

「精靈族沒有人類那種卑劣的天性。」嘉蘭諾德在兩人背後冷冷地說。

「是沒什麼異常，不過小心一點總不是壞事。」納特說完，轉頭對嘉蘭諾德懶懶一笑，「我們進去了，別太想我。」

「我沒有必要想你。」

「那你那麼在意我的舉動做什麼？」

精靈族不是善辯的種族，嘉蘭諾德自然也不例外，他被堵得臉色通紅、啞口無言，等想起來要反駁時，納特和希爾已經進了王宮。

「可惡！」

兩人一踏進城堡，身後的大門便自動闔上，發出沉重的聲響。

希爾還來不及仔細觀察環境，異變陡生。

「小心！」納特只來得及喊了一聲，希爾還沒意會過來就感到一陣天旋地轉，腳下突然踩空，身體不斷下墜。

「啊——」

眼前一片漆黑，被恐懼包圍的希爾忍不住害怕地叫出聲，聲音迴盪在感覺並不大的空間裡。耳邊是呼嘯的風聲，墜落感持續了好一會，讓他有種回到一年多前在坦頓山脈摔入山洞時的錯覺。

不久，身軀重重地落在地上，希爾感覺骨頭快要散架了，幸好是背部先著地，雖然全身疼痛不已，但還在能忍受的範圍。

「納特？」希爾試著呼喚同伴。

回應他的只有一片靜默。

幽暗的空間裡，一道微弱的光線從頭頂灑落，希爾從地上爬起來，揉了揉眼睛。眼前不再是古典而神祕的精靈王宮，而是幽暗森冷的山洞。

「這裡是什麼地方？」

微妙的熟悉感升起，此處的情景似曾相識。

黑暗的深處突然亮起兩團深紫色光芒，與此同時，山洞裡傳來碎石掉落的聲響，像是有龐然大物正往他的方向移動著。一股寒意爬上背脊，令人戰慄的威壓襲來——

龍！

一個低沉的嗓音出現在腦中：「是你把我喚醒的？」

他不會認錯的，太過熟悉了，希爾震驚地喊出摯友的名字：「法洛？」

惡龍那深紫色眼瞳定定地凝視希爾：「渺小的人類，你居然不害怕？而且你知道我的名字？」

「我是希爾，我們曾經締結過主僕契約，是我的祖先阿爾法特和你訂下的。你為了救我還分給我一半的生命力，你忘了嗎？」希爾急急地說，他不敢相信法洛居然不記得他們一起經歷的過往。

「人類，我聽不懂你在說什麼。」

「我們一起進入帕米爾帝國學院念書，因爲你要等我畢業後，一起去遊歷紅土大陸。你覺得上課很無聊，老是讓我幫你寫作業，雖然如此，每次考試你依然總是得到滿分。你很喜歡喝蘋果汁，每天最多可以喝上十瓶，你還喜歡看書，就算在冬天也喜歡打開窗戶，一邊吹風一邊看書——」

「夠了！」法洛不耐煩地打斷希爾的話，山洞裡響起尾巴拍打地面的聲音。

「我是希爾，你真的不認得我了嗎？」希爾不放棄地問，話音裡帶著委屈和哽咽。

「雖然不曉得你在說什麼，但我不介意多一個僕人。」法洛低低笑著，一道魔力凝聚的金色絲線在黑暗中亮起，宛若有生命似的襲向希爾。

「不！」希爾堅決地表達抗拒。

「哦？渺小的人類竟敢拒絕我？」

「我想當你的朋友。」希爾抬起頭和法洛對視，絲毫沒有退縮。

聞言，惡龍閣下的聲音頓時變得怒不可遏：「我不需要朋友，人類都是虛僞的騙子！」

話音剛落，靈動的金色絲線交織成一張網，鋪天蓋地朝希爾罩下。

希爾再遲鈍都知道，這張網不是什麼有益身心的好東西，最好不要碰到。

危急之中，希爾想起法洛在市集大街上教過他的魔法，他想像法洛的手就搭在他的手臂上，回憶法洛如何靈活而有效率地操控魔法，接著，他朝那張蓄滿魔力的網伸出手：「懲誡之風，裂空！」

風刃和金色大網相觸，發出強烈白光，雙方一時之間竟然勢均力敵。激盪的魔力在山洞颳起陣陣旋風，漫天風沙飛舞，就連半人高的石塊都被風帶起在半空中飛旋，不時有石頭撞上山壁碎裂的聲響。

法洛發狂的吼聲在山洞裡迴盪，似滿懷怒意又似無助悲鳴：「人類是騙子！不可以相信！」

希爾手舉在胸前，爲了抵擋漸漸逼近的金色大網，他必須不斷地丟出風刃。棕髮的魔法學徒從沒想過自己能和法洛抗衡，能不馬上落敗已經超乎了他的預想。

然而巨大的實力差距不可能在短時間內拉近，即使用盡全力，希爾也只能短暫維持不落下風的假象。

黑色巨龍對於沒有一招就把身爲魔法學徒的人類打敗感到意外，立刻增加了魔力輸出。不過一眨眼的時間，希爾便感到全身痠麻，像是再也榨不出一點魔力了。他拚盡全力丟出最後一個風刃後，瞬間脫力，失去力氣支撐的身子跟著向後倒下。

眼前被一片黑暗籠罩，這一瞬，忍耐了很久的淚水不受控制地奪眶而出——

法洛，就算人類會騙人，但我保證永遠不會騙你！

你不要露出那種絕望的眼神好嗎？

突然，陷入黑暗中的希爾感覺自己被光芒包圍住，全身暖洋洋的，耳邊不再聽見龍的怒吼和風的呼嘯，也沒了身處山洞的涼颼颼感覺。

方才使用魔法時，由於魔力枯竭而造成的痠痛慢慢消失，他一點一滴地恢復了力氣，連旅途的疲憊都一掃而空，感覺四肢輕盈且充滿力量。

「孩子，回去吧。」低沉滄桑的慈愛嗓音輕柔響起，呼喚著希爾。

希爾猶如陷入了夢中，發出夢囈般的呢喃：「不行，我要救法洛。」

「孩子，你和龍的主僕契約解除了，不用害怕了。」

「法洛對我很好……呃，雖然他的個性差了一點，可是他救了我好幾次，經常想著買東西給我，還教我魔法，他眞的眞的很好——」說到後來，希爾一陣鼻酸。

那個慈愛的嗓音沉默片刻，嘆息了一聲：「孩子，你還是回去吧。」

「爲什麼？」

「人和龍之間的差距太大，人類不該和龍來往的。」

「我不能丟下法洛！我不能無視他對人類的善意，更不能對不起他的眞心。」

「孩子，你只是一時迷惑。」

「你是誰？憑什麼這麼說？」儘管對方的語調無比溫柔，希爾卻罕見地被激怒了，「你根本不了解法洛！」

「你不用知道我是誰。」對方淡淡地笑了，「快醒來吧，你要找的人在前方，如果你能找到的話。」

「我要找的人？你是說精靈王嗎？」

「孩子，你很善良，願你繼續保有這份純粹。」

說完這句話，那個聲音似乎就消失了，希爾喚了幾聲都沒再得到回應。不久，他感覺周身再次被光芒罩住，彷彿催促著他醒來。

儘管內心著急，但希爾費力掙扎了一會才脫離似眞似幻的夢境世界。慢慢睜開眼睛，入眼的大片光亮讓他又下意識把雙眼閉上，等適應了眼前的亮度後，才睜眼打量周遭。

這是一個圓形的房間，他所處的地方位於中央，往四面八方走出約十步便會碰到牆壁。牆壁不知是以什麼石材砌成，觸手冰涼且不見縫隙，而往上看只能見到一片漆黑，無法確認天花板有多高。

牆上有十扇木門，房內的照明正是來自每道門扇旁的黑色鑄鐵雕花壁燈。那些木門看起來都和這座精靈王宮一樣，歷史悠久，門框上有著手持劍、弓矢、天平等器物的精靈雕刻，似乎和精靈族的傳說有關。而相較雕刻精細的門框，堅固的黑胡桃木門扇顯得簡樸許多。

爲什麼精靈王宮裡會有這樣的房間？他又是如何來到這裡的？

「有人在嗎？我有重要的事情必須求見精靈王。」

希爾對著房間四周說話，然而回應他的只有他自己的回音，待回音消失，又恢復到一開始的寂靜。

束手無策的他打量起十扇木門，這才注意到每扇門上都用紅土大陸通用語和精靈文寫了一個詞，分別是「節制」、「秩序」、「毅力」、「節儉」、「勤奮」、「眞誠」、「正義」、「謙遜」、「公平」、「善良」。

希爾把十扇門都仔細檢查過，發現只有寫著「正義」的那扇門沒上鎖。難道這是要他進去的意思？

希爾站在門前，不禁有些遲疑。

門後會是什麼？吃人的魔物？可怕的不死生物？

希爾當然不可能不害怕，他的心臟因爲緊張而跳得比平時要快，手心裡還冒著冷汗。他過去只想著畢業後就在魔法師公會找份工作，從此過著安穩的日子，從來沒想過要經歷這些冒險。

可是現在不同了，法洛需要他，他不能退縮。

希爾握緊胸前承載著法洛的吊墜，原本冰涼的金屬和寶石由於長時間貼著胸前皮膚而被熨熱，恍如成爲身體的一部分，以至於他有時無法真切地感受到吊墜的存在。唯有這樣緊緊握在手中，讓凹凸不平的尖角深深陷入手心，他才能藉由這份痛覺提醒自己，法洛正和他在一起。

如果在這裡退縮了，那法洛怎麼辦？

即便那隻驕傲的龍根本不期待唯一的僕人能拯救他，但只要有一絲希望，就不能放棄。就算門後有天大的危險，他也必須前進！

法洛還等著畢業後要去遊歷紅土大陸，眼下沒有法洛可以依靠又如何？他可以靠自己。

雖然比不上法洛，他畢竟也是通過了考試，正大光明地進入魔法學院就讀。得到法洛的一半生命力後，他對魔法的感知成長了數倍，還在開學時差點燒掉教室，雖然不是什麼光榮的事蹟，卻證明了他並非毫無力量。

而且他是在伊恩、諾亞、海曼、尼爾和納特的幫助下才來到這裡的，這些幫助他的人都盼望著法洛能活過來。希爾多想在法洛醒來後親口告訴他，即使曾經踏進人類的陷阱，還是有很多人類在乎他。

希爾擦掉眼角的溼潤，深吸一口氣，毅然決然地用力推開眼前寫著「正義」的門扇。古老的木門不知道有多久沒被推開過，發出沉重的吱嘎聲。希爾往門後望去，見到一個和他原本所處的房間極爲相似的地方，不同的是那個房間裡有張小圓桌。

桌上放著一盞散發橙黃光芒的桌燈，桌燈旁擺了一把古樸的長劍，劍柄處有著藤蔓造型的裝飾，外型則是精靈族慣用的款式，劍身窄而輕盈。

希爾戒備地踏進去，隨著他進入，身後那扇門跟著闔上，發出沉重的關閉聲，與此同時，光線柔和的桌燈突然迸發出強烈光芒。

希爾反射性閉上眼睛，面對突發的意外狀況，他迅速蓄積起魔力，準備只要感覺到危險就丟出風刃迎擊。

然而過了一會，什麼特別的動靜也沒有，反倒是一陣讓人心曠神怡的風吹了過來。

明明是連窗戶都沒有的密閉房間，哪裡來的風？

發覺不對勁，希爾張開眼睛，眼前卻已經不是原先的場景。

頭上蔚藍的天空掛著棉花糖般的雲朵，希爾往下一看，馬上兩腿發軟。

他正站在懸崖上——說是懸崖也不太正確，他的腳下只有約一步寬的地面，而這塊平地的四周是看起來有數百公尺高的瀑布。

懼高症瞬間發作，一陣暈眩襲來，希爾連忙告訴自己千萬不能倒下。他逼著自己集中注意力，命令發軟的雙腳千萬一定要站好，他一點也不想掉進腳下深不可測的瀑布裡。

一道銀鈴般清脆的女性聲音響起：「腳別抖了，掉下去的後果你不會想知道的。」

希爾顫巍巍往聲音傳來處望去，一名約莫手掌大小、有著透明雙翼的精靈女性拍著翅膀停在他面前一公尺處。她的臉孔精緻美麗，金色長髮捲度完美而蓬鬆，穿著有著蓬蓬裙襬的翠綠色洋裝。

「請問妳是？」

「我是風之精靈西爾芙，最古老的元素精靈之一。」

「妳好，我是希爾。」雖然眼下情況十分危險，動作過大就可能掉進瀑布，但基於禮節，希爾還是勉強地將手擺在胸前行了一個見面禮。

「我聽見你說要見精靈王。」

「是的，我帶著人類勇者阿爾法特的信，請問精靈王陛下在哪裡呢？」打從進入精靈王宮後，總算遇到能好好說話的對象，希爾趕緊告知來意。

「王上年事已高，需要休息，精靈王宮因此封閉，至今已有四百多年。心有所求的異族人若執意要見王上，就必須通過考驗。」

希爾想也沒想便握緊拳頭，堅定地對西爾芙說：「我一定要見到精靈王陛下，我願意接受考驗。」

西爾芙拍動著翅膀，語調輕鬆：「考驗不難，你只需要做出幾個選擇，在沙漏裡的沙漏光之前，回答是或否。」

語畢，西爾芙身邊出現一個大約有她半身高的沙漏。

對方的口吻溫柔平靜，不像有意爲難的樣子，因此希爾稍稍鬆了一口氣，但精神上仍不敢懈怠。

「第一個問題，世上的每一個生命，無論富貴、尊卑、種族，是否價值皆相等？」西爾芙問完問題，她身邊的沙漏像是能聽懂話語似的，隨即翻轉過來，開始計時。

「是的。」希爾毫不猶豫地回答，沙漏馬上停止漏下沙子。

對於希爾的回答，西爾芙沒有反應，她依然維持平靜的態度，拍著翅膀提出下一個問題：「一個人類的生命和一隻魔獸是否等值？」

沙漏翻轉，開始計時。

「是的，每個生命都同樣珍貴。」

此時，西爾芙輕輕擊掌，希爾的左右兩邊瞬間分別冒出一個大籠子。籠子像是藤編的，由於編織得非常密，縫隙很小，看不清籠子裡有什麼，只能看出籠子輕微晃動著。

「籠子裡裝的是什麼？」希爾隱約有了不好的預感。

風之精靈並不回答，只是繼續出題：「兩隻魔獸的生命比一隻魔獸珍貴嗎？」

希爾猶豫了一下：「爲什麼要做這種選擇？就算是魔獸，爲什麼得用數量衡量？」

西爾芙只是指著沙漏，無動於衷地說：「你還有一半的時間。」

眼見沙漏裡的沙不斷流逝，希爾手心裡都是汗，儘管內心遲疑，他仍是被迫做出選擇：

「是的。」

希爾回答後，只差一點就要漏光的沙子總算停止流瀉，與此同時，西爾芙朝左邊的籠子一指，籠子的底部打開，一隻長尾狐從籠內掉出來，發出尖銳叫聲。

「不！」希爾不能接受有任何生命因他的選擇受害，他散開精神力呼喚風之元素精靈，試圖在短短幾秒內阻止長尾狐的墜落，但雖然河谷裡到處都是風之元素精靈，他卻無法驅動任何一個。

西爾芙的語調不帶任何情感：「這裡的元素精靈都不會回應你的呼喚。」

即便西爾芙這麼說了，即便無比焦急害怕，希爾仍不斷地嘗試，又不斷地失敗，然而長尾狐無法等待，牠在半空中掙扎翻滾，最後還是掉進瀑布裡，瞬間滅頂不見蹤影。

「為什麼要把牠扔下去？」希爾不敢置信地朝風之精靈大喊，「快救救牠！妳一定有辦法的對不對？」

「因為你選擇了兩隻魔獸。」西爾芙淡淡表示，「至少那兩隻魔獸得救了。」

「為什麼要我做選擇？我不能也不該決定哪邊的生命比較重要。」希爾渾身顫抖，內心滿是愧疚和沒來由的憤怒，一點也沒有救了兩隻魔獸的欣喜。

「題目還沒結束。」西爾芙瞧也沒瞧瀑布下的情景，冷靜地說出下一個問題：「一個人類的生命比一隻魔獸重要？」

「我、我無法選擇……」希爾顫聲說，他不想見到人或者魔獸被丟進瀑布裡。

「你必須選擇。」

「我真的沒有辦法……」

換成其他人類，也許早就選擇了自己的同族，可是希爾做不到，他無法說出人類比魔獸重要，反之亦然。

「我可以做任何事情來交換，能不能不要傷害他們？」希爾哀求。他不曉得自己能用什麼交換，但只要是他能做到的，他都願意。

「你必須做選擇，這是規則。」西爾芙的態度沒有一絲退讓，只是收起了目光不再看希爾，像是怕自己會因此心軟似的。

希爾拚命地向光明神祈禱，然而沙漏裡的沙還是漏光了。

這次，西爾芙雙手各自指著兩邊的籠子，籠裡分別掉出一名穿著尋常平民服裝的中年男子，和一隻老長尾狐。

男人和長尾狐迅速往下掉落，發出驚恐絕望的叫喊，沒多久就被瀑布淹沒。

再次遭受打擊，希爾如墜冰窖，渾身發冷，他的雙腿再也支撐不住身體，跪坐下來掩面痛呼：「妳不能這樣做！怎麼可以這麼殘忍？這是謀殺！這是光明神也不能饒恕的罪刑！」

「誰叫你不做選擇呢？如果你回答是，那個人就可以活著了。」

「可是那隻長尾狐就應該死嗎？」

「這是你的考驗，不是我的。」西爾芙垂下目光，避開了希爾的注視，「規則是你必須做選擇，通過考驗才能見到精靈王。」

聞言，希爾沉默片刻。他當然明白自己必須見到精靈王，先不說他接受了那麼多人的幫助才來到這裡，光是要救法洛這個理由便足夠了。

「我、我知道了。」內心仍舊無法平靜，希爾卻只能如此回答。

「下一個問題，兩個人類比一隻魔獸重要？」

沙漏再次翻轉，開始計時。

「如果我不選擇，人類和魔獸都會掉進瀑布裡，但我又怎麼可以因爲自己是人類，就認爲人類的生命比魔獸重要？」希爾痛苦地低喃，見沙漏裡的沙只剩一半，他自知不能再猶豫，救了兩個人總好過無一倖免。

即使並非所願，他還是顫抖著說出：「是。」

西爾芙指著右邊的籠子，籠子底部打開，掉出一隻庫利猴。那隻庫利猴耳朵上有個蝴蝶結，溼潤的眼眸在發現下方是瀑布時，瞬間充滿恐懼，伴隨著墜落的是淒厲的慘叫。

希爾突然有種窒息感，他認出那隻庫利猴是可可，是茉莉教授養在研究室的魔獸！

「可可！」希爾對著西爾芙乞求，「救救牠！求求妳！」

「這是考驗。」儘管可可的慘叫迴盪在河谷裡，西爾芙就像沒聽到似的，面無表情。

「妳眞是……太冷血了。」

面對希爾的指控，風之精靈沒有解釋也沒有反駁：「來看看因你而獲救的人吧，也許你會覺得自己的選擇沒錯？」

西爾芙伸手指向左邊的籠子，籠子側面的蓋子打開，露出兩個人，而且是兩個熟人。

當希爾看清兩人的臉孔時，一時之間瞪大了眼睛，不敢置信地說：「安東尼王子？莉莉絲？」

安東尼身穿王室裁縫量身製作的居家服：「這裡是哪裡？你認識我？你看起來有點眼熟，讓我想想——」

莉莉絲則是一襲連身睡裙，親暱地勾著安東尼的手，對於身在此處也是滿臉疑惑。她認出了希爾，便在王子耳邊說：「他叫希爾，是我班上的同學。」

「我想起來了，你有加入屠龍隊，我們在那天的晚宴上見過。奇怪，你怎麼還活著？你不是吃了『亡者的嘆息』嗎？」

亡者的嘆息是一種被記載於《毒藥寶典》的毒藥，特色是溶於液體後無色無味，誤食後幾乎不會察覺，且一旦毒發很快就會吐血身亡，屬於管制禁藥，唯有透過特殊管道才能在黑市購得。

希爾無法接受安東尼居然如此輕易地問出他怎麼還活著，甚至毫不避諱提起毒藥的事：「你說什麼？是你下毒要除掉屠龍隊的人？」

「屠龍隊的人大多被父王保護著，我怎麼有辦法除掉整個屠龍隊的人？我只是想送伊芙琳和那個拔出亞瑟國王寶劍的人去見辛格里斯。」

「就算你想傷害拔出劍的人，但伊芙琳公主可是你的妹妹啊！」

安東尼已經不是那個風度翩翩又英勇帥氣的王子了，他早已變得瘋狂，聽了希爾的話沒有任何反省，眼神轉冷卻哈哈大笑起來，直笑到岔氣才道：「如果我不是父王的孩子，那伊芙琳就不是我的妹妹，而是搶奪王位的對手。」

「你明明還是王儲，還不一定——」

安東尼面色猙獰，不等希爾說完便搶過話來，大聲駁斥：「難道要等到我被廢黜嗎？事情會變成這樣不是我自願的，是父王，哈，我那個沒有血緣的父親逼的。他明知道我不是他的孩子，還讓我去拔那把劍？打從懂事開始的二十年來，我都在學習當一個稱職的王儲，如今卻要告訴我過往的努力都白費了嗎？我不當王子還能做什麼？只要我不再是王儲，身邊的一切都會離我而去！」

一旁的莉莉絲見狀，馬上深情告白：「王子殿下，你還有我，即使你不是王子，我也會愛你的！」

安東尼的情緒稍稍被平撫，雙手環抱著莉莉絲：「莉莉絲，我只剩下妳了。」

「夠了，回去吧。」西爾芙厭煩地瞧著安東尼和莉莉絲，伸手一指，一道綠光閃過後籠裡瞬間一空，籠子側面被掀開的蓋子重新蓋上。

希爾還在得知真相的震撼當中。原來導致法洛身分暴露的那場死亡晚宴，是出於王子對王儲地位的戀棧不捨？

西爾芙問希爾：「你後悔了嗎？也許你會希望墜落的是那兩個人類？」

「我後悔了。」

「嗯？」

「如果安東尼和莉莉絲真的有罪，也該由辛格里斯審判，我後悔沒有救可可。」

「原來是辛格里斯的信徒。」

「尊敬的風之精靈，請妳告訴我，掉下瀑布不會死對不對？剛才是虛假的幻覺吧？安東尼王子和莉莉絲怎麼可能會出現在這裡？」見到安東尼和莉莉絲後，希爾只覺得一切都太不眞實、太無法置信了。

西爾芙靜靜地說：「出現在籠子裡的人和魔獸確實不是實體，在眞實世界中，他們都在『夢境』裡，然而他們只要在這個夢境裡死亡，在眞實世界就永遠不會甦醒了。」

「所以掉進瀑布的長尾狐、人類和可可都死了？」永遠在夢中沉睡？那和死亡有差別嗎？

西爾芙靜默片刻：「那要看你有沒有通過考驗。」

希爾頓時燃起希望：「我該怎麼做才算通過考驗？」

「一切交給『正義』評斷。」西爾芙淡淡地說：「最後一個題目，六個人類的生命比一隻龍重要？」

語畢，沙漏翻轉，開始計時。

聽到這個問題，希爾立刻想起在中軸廣場的那個晚上，法洛耗盡魔力救了包括他在內的六個人。

六個人和一隻龍的生命，哪個重要？

一邊是他的同學和朋友，另一邊是給了他一半生命力的法洛，他怎麼可能捨棄其中一方？就算是其中一人也不行。

西爾芙問：「你要先看看籠子裡的面孔嗎？」

「不。」希爾害怕看到籠裡是如他所想的面孔。

「告訴我你的選擇。」風之精靈垂下目光等待著。

沙漏裡的沙慢慢落下，希爾心裡滿是焦急和徬徨無助。他害怕看見熟悉的朋友從籠子裡掉出來，雖然法洛應該在他的吊墜裡，但西爾芙說籠子裡的生命是在夢境裡，也許眞有可能是法洛？

「我無法選擇……」

有一瞬間，希爾又想問西爾芙，籠子裡的六個人和一隻龍是誰？然而這個念頭隨即被打消。他還是堅持無論人類或龍都是生命，不應該因爲與自己熟識與否而受到不同的對待。

「如果你不選擇，六個人和一隻龍都會掉進瀑布裡。順帶一提，即便是會飛的生物，最終也會掉進瀑布裡。」

也就是說，選擇人類讓龍飛走這個辦法，在這個奇怪空間的限制下是不存在的，不被選擇的一方只能迎接死亡。

「不可以！不能傷害他們！」

風之精靈放輕了語調：「會有一方因爲你的選擇得救。」

希爾明白西爾芙的話也代表著，另一方則會因爲他的選擇而失去性命：「我——我無法選擇。」希爾的眼淚早已不受控制地流下，他不敢去想接下來會發生什麼事，只能哀求，「用我的生命換他們活下來好嗎？」

「你可以選擇人類，畢竟那是你的同族，或者選擇數量多的？六比一，很好選的？」

沙漏裡的沙即將漏完，再不做選擇，六個人類和一隻龍都將被丟下瀑布。

瀕臨崩潰的希爾幾乎要承受不住沉重的壓力，在最後一刻，他涕泗縱橫地將心裡最眞實的想法大聲說出口：「每一個生命都是重要的！無可替代！不該因爲種族的不同而被犧牲！而且怎麼可以否決少數生存的權利？少數的生命也該有決定自身命運的權利，我們都不是光明神，怎麼可以擅自殺害祂的子民？何況光明神說過，每一個生命都該被尊重！」

沙漏裡的沙全部漏完了。

西爾芙兩手分別指向兩個籠子，希爾彷彿能預見接下來的情景，情急之下伸手朝前一抓，想阻止風之精靈。

西爾芙拍動翅膀靈活地拐了彎，往上飛走，希爾一個抓空，身子重心不穩向前傾倒，迅速往下墜落。

「啊——」可怕的失重感襲來，希爾卻發現自己居然還有時間思考。他注意到因墜落而尖叫的只有自己，沒有剛剛題目裡提到的六人一龍。

太好了。

內心剛閃過這個想法，他便感覺自己狠狠落入水中，口鼻迅速地被水灌入，希爾眼前一黑，失去了意識。

第八章　阿爾法特的禮物

希爾喪失了時間感，他不曉得自己這次睡了多久。

他察覺自己躺在一張柔軟的臥榻上，抬眼可以見到青翠的藤蔓植物和高大的闊葉樹。

希爾從臥榻上起身，觀察身處的環境，他所在的地方像是廣闊的圓形中庭，地面上有著放射狀的小渠道，流水從四面八方往中央匯聚，而中庭的正中央矗立著一棵生機盎然的茂盛大樹，正以肉眼可見的速度不停生出嫩葉和分枝。

與此同時，一些葉子也不斷落下，但落地沒多久就化爲土壤，成爲大樹的養分。

他鬆了一口氣，不管這裡是哪裡，都好過那座可怕的懸崖，雖然在懸崖上他並未消耗任何魔力戰鬥，卻感受到了前所未有的煎熬，比以往經歷的任何戰鬥都要可怕。

從穹頂灑落的陽光充滿整個空間，原本阻隔視線的霧氣散去，一名精靈男子出現在希爾眼前。那名精靈氣質高貴，外型十分俊美，白金色的長髮及地，身穿飾以華麗紋印的袍服，看起來地位高貴。

對方不像是危險人物，況且就算是，眼下的情況也不容他避不接觸，因此希爾趕緊上前，禮貌地打了招呼：「您好，打擾了，我叫希爾，方便請教幾個問題嗎？」

精靈男子轉過身來看著希爾，笑了笑後微微點頭，示意他繼續說。

「我和朋友走散了，請問您有遇到一個藍色頭髮的人類嗎？他叫納特，大概這麼高。」

希爾抬手在自己頭上比了個高度。

「我沒看見藍色頭髮的人類。」精靈男子的唇角往上揚了揚，「如果你是指和你一起來的朋友，在你進入幻境時，他已經平安地離開王宮，現在八成正逗著嘉蘭諾德玩。」

「請問您是怎麼得知的？難道您是……」希爾驚疑不定。

精靈男子平靜無波的灰瞳閃過一絲興味：「你不是來找我的嗎？怎麼會不知道我是誰？」

「您是精靈王陛下嗎？」希爾小心翼翼地問。

「是的，你可以這麼稱呼我。」

「納特是和我一起來的，怎麼會離開了？」

「精靈王宮可不是讓人隨意參觀的地方。」精靈王仍親切地微笑著，卻散發出不容質疑的氣場。

「抱歉，我們沒有冒犯的意思，只要他安全就好。」希爾明白接下來只能靠自己了，「請問，您剛剛說的幻境是指什麼？是那個山洞，還是懸崖？」

「來到精靈王宮的異族人皆是心有所求，讓他們看看想見的人事物，可以更誠實面對自己的心，至於能不能通過上古精靈所設的關卡，那就不一定了。」

「所以我才會看見法洛，還進了那間門上寫著正義的房間？那麼在山洞和懸崖發生的事都不是眞的了？」

「看來，你見到了想見的人。」精靈王依然面帶笑意，「那是名為『夢想成眞』的幻境，可以實現造訪者內心的一個願望。雖然只是虛幻的景象，但可以使人認清內心眞正的想法，大部分的異族人在裡頭有所領悟後就會離開。不過你似乎還通過了正義的考驗？」

精靈王說著，眼神裡多了一絲嘉許：「『正義』看似不難實踐，但大部分的人以爲的正義，只是滿足自己或多數人利益的正義，你能通過這項考驗很不容易。」

「我通過了？可是我最後什麼都沒有選。」

「不去選擇，也是一種選擇。」精靈王這句話隱含深意，有著經歷長久歲月所累積的睿智。

對於精靈王的話，希爾似懂非懂，但他至少確定了一件事：「還好在山洞和懸崖發生的事不是眞的……」

法洛沒有忘了他，沒有排斥人類，被關在籠裡的魔物和人類沒有失去性命，一切都只是幻境。

希爾大大鬆了一口氣，內心的愧疚和難過總算散去。

聽了精靈王的說明，希爾也明白了爲什麼會在山洞裡見到那樣的法洛，他確實想過如果他沒有和法洛相識就好了，這麼一來，法洛現在肯定還會好好的。可是經歷過那令人難受的場景後，他才發現自己無法接受被法洛忘記——

他不能失去法洛。

思緒至此，希爾連忙說出來到這裡的目的：「精靈王陛下，請您救救法洛！」

「當年的毀滅之龍怎麼了？眞是個懷念的名字啊。」精靈王露出有些緬懷的表情，隨即溫言安撫，「不用急，我先看看你帶來的信。」

「好的，這是勇者阿爾法特讓我帶來給您的信。」既然精靈王這麼說，希爾也只好按捺著心中的焦急。

「總算來了。」精靈王感慨地說，朝希爾伸出手，「爲了這封信，我已經等了千年。」

希爾把信件交給精靈王，精靈王接過後打開信封，湛藍的眸子專注地閱讀內容。

「原來是這樣。」精靈王微微點頭，露出了然的神情，「原來你就是代替阿爾法特履行主僕契約的後代？看來你能通過正義的考驗不是僥倖。」

「是的，契約能夠生效的話，就表示阿爾法特確實是我的祖先。可是他是帕米爾的開國勇者，一直擁有正直勇敢的美譽，爲什麼會和法洛立下那樣的契約？」雖然已經和法洛成爲摯友，被祖先抵押給龍當僕人還是很令人困擾的。

「呵呵。」精靈王低笑兩聲，抬手朝生命樹的方向畫了一串上古符文，一片閃動著魔法能量的葉子飄來，落入他的手中。

希爾不明所以地看著，這座王宮對他來說到處都充滿了神祕。

「這是阿爾法特寄放在生命樹的一段記憶，你想了解簽訂主僕契約的經過嗎？」睿智的精靈王望向希爾。

「可以嗎？這樣不太好吧？」縱使感到好奇，希爾仍然覺得擅自窺探他人的記憶並不妥當。

「他說過你有權知道。」精靈王抬手輕輕一拂，那片葉子就輕盈地飄向希爾。

希爾下意識地伸出手，當閃動著流光的葉片落在他的掌心時，居然神奇地化開，彷彿融進手心。

與此同時，希爾感覺身體輕飄飄的，像是要飛起來似的，一陣暈眩襲來，他閉上眼睛搖了搖頭，再睜開眼時，四周是全然陌生的場景——天色昏暗，眼前燃燒著篝火。

「阿爾法特？你怎麼了？」一個十分熟悉的嗓音在旁邊呼喚，還搖了搖他的身體。

阿爾法特？我不是阿爾法特——希爾想回答，卻發不出聲音。

「亞瑟，我沒事，只是頭有點暈。」

希爾感覺「自己」開口說話，但發出的不是他自己的聲音，而是他曾經聽過的、阿爾法特的聲音。

此時希爾有如一個旁觀者，只能看著和聽著，不過身處於阿爾法特的記憶中，他還能得知阿爾法特內心的想法，這是種十分奇異的感受。

亞瑟國王年輕的臉龐映入眼簾，希爾見到他取笑老友：「你的酒量還是很差啊！」

「喝點蘋果汁，對醒酒很有幫助。」亞瑟對面，一名黑髮紫眸的年輕男子出聲建議。

法洛！希爾在心裡激動地叫著。這是千年前的法洛嗎？除了看起來一樣實力強大、充滿自信，惡龍閣下這時似乎對人類並沒那麼多成見，遞出蘋果汁時露出的笑容是發自內心的真誠。

「啊？」阿爾法特愣了愣，他不確定蘋果汁是不是真有醒酒功效，不過既然是法洛的一片好意，他也就欣然接下了，「謝謝。」

喝了冰涼的蘋果汁，阿爾法特覺得頭好像沒那麼暈了：「剛剛說到哪裡了？」

「我說我的夢想是遊歷整個紅土大陸。」法洛眼裡充滿嚮往。

「很棒的夢想啊！」亞瑟第一個附和。

「聽起來很有趣，我也想去。」阿爾法特跟著點頭。

「可惜我們還要打倒薩特曼，解救暴政下痛苦的人民。」亞瑟狀似苦惱。

「啊，這麼重要的事差點就被我拋到腦後了。」阿爾法特彷彿被澆了一頭冷水，雀躍的心情隨即冷卻下來，語帶歉意，「法洛，不好意思啊，不能陪你去了。」

法洛聞言，眼中似乎閃過一絲失落，他偏頭想了想：「如果打倒薩特曼就能一起去了吧？」

「是啊，到了那時候就沒有阻礙了。要是能一起去遊歷紅土大陸該有多好？光是想像就覺得特別開心。」阿爾法特說著，笑了起來，希爾能感受到他興奮又迫不及待的心情。

「讓我幫你們吧！」法洛提議。

「咦？真的嗎？你要停下你的旅行？」阿爾法特訝異地問。

「我對一個人旅行已經感到無趣了，不如幫你們解決薩特曼，等戰事結束後就一起出發。」

「要是不能一起遊歷紅土大陸怎麼辦？」亞瑟問。

「是啊，薩特曼是史上最厲害的亡靈法師，我方不一定能贏，如果我們死了，就不能陪法洛去了。」阿爾法特煩惱地說，「亞瑟，你有辦法嗎？」

在阿爾法特心中，亞瑟顯然是聰明和睿智的代名詞，希爾能夠感受到他對亞瑟的信賴。

亞瑟沉默片刻後，道：「我不介意爲了推翻薩特曼而戰死，但約定還是必須履行。不如這樣吧，若眞的不幸發生這種事，就讓我們的後代陪法洛去？法洛來自最守信的種族，我們當然不能背棄他的信任，如果我們失信，作爲懲罰，就讓一名後代成爲法洛的僕人。」

「沒問題。」希爾察覺阿爾法特的腦袋又開始暈了起來，此時這位未來的開國勇者正心想，他是不是眞的喝太多了？總之他是不會違背承諾的。

「眞的？」法洛似乎有些懷疑。

「不然立一個誓言咒吧。」亞瑟面不改色。

「我說話算話。」阿爾法特自認不會違背約定，自然也不覺得不妥。

「那我需要一點你們的血。」法洛得到兩人的同意，立即開始唸誦契約咒語，一條魔力凝聚的金色絲線從他的手掌延伸而出，在兩人面前化爲一片葉子，法洛示意兩位好友將血滴進葉片裡。

阿爾法特果斷地在食指上劃了一刀，滴入自己的鮮血。

而亞瑟身邊有一小灘方才剝除兔子皮時殘留的兔血，他的手不知怎麼地按到了那灘血液，作勢在衣服上擦了擦後，才把手上的血滴入。

希爾發現亞瑟的動作不太對勁，他想提醒法洛，然而發不出聲音。

至於阿爾法特只是昏沉沉地想著，他是不是醉得太厲害，眼花了？否則怎麼看不清楚亞瑟滴的是兔血，還是自己的血？不過基於對朋友的信任，他沒有多問。

法洛看到契約成立的金色光芒就放了心，並未確認兩人身上是否都有紋印。

「從現在開始，我會幫你們對付薩特曼。」法洛認眞地說。

「那就拜託你了。」亞瑟笑了。

眼前的景象突然模糊起來，希爾感覺一陣天旋地轉，等他回過神時，周遭的場景又變了。

一道修長帥氣的身影飄浮在空中，身上的長袍和黑髮揚起，嘴角勾著自信的笑容。法洛手上結了一個咒印，嘴裡輕聲唸著咒語，空間裡的元素精靈皆受他召喚，氣流劇烈地震盪著，強大的威壓鋪天蓋地而來，地面上的人們光是站著都要耗盡全身力氣。

「天崩地裂！」

禁咒級別的大範圍魔法一施放，頓時天搖地動、煙塵漫天，彷彿世界即將就此崩塌。

「快躲起來！找掩蔽！」亞瑟一把拉著阿爾法特躲到了他們剛挖好的壕溝裡，和義勇軍一起度過這波無差別攻擊。

過了好一會，轟隆隆的聲響總算停了，地也不搖了。

阿爾法特掙脫亞瑟的手，第一個往法洛的方向跑去，在一片斷垣殘壁中發現了坐在其中的友人：「法洛？你還好嗎？」

「我沒事。」法洛語氣平淡，臉上卻不經意地流露出疲憊。希爾透過阿爾法特的思緒得知，這一年來大大小小戰役不斷，無止盡的魔力消耗即便是龍也要吃不消。

「薩特曼呢？」

「沒想到他手上有能夠發動瞬間移動的上古卷軸。」法洛表情不變。

「可惡！被他逃了！」亞瑟眼裡布滿血絲，爲了圍捕薩特曼，顯然他也耗費了極大心力。

「還是我們別打了？把薩特曼困在格菲爾就算了，反正我們已經贏得了九成的勝利。」阿爾法特忐忑地提議。

「不可以留下後患！」亞瑟果斷地駁回，「若不一舉殲滅薩特曼，哪天等他重新壯大，就換我們死傷慘重了。」

「那就按原計畫進行。」法洛點點頭。

「法洛，要不要休息幾天？」阿爾法特有些擔心。

「我沒事。」

「好！明天一早就圍攻格菲爾，強行突破！」亞瑟氣勢萬鈞地宣布。

畫面再度一轉，希爾見到由亞瑟和阿爾法特率領的義勇軍把奧德帝國首都格菲爾團團包圍，在法洛以強大的魔法轟破城門後，大隊人馬攻入格菲爾。

阿爾法特帶領義勇軍中的精銳，和數名持續詠唱淨化術的祭司，正面迎擊薩特曼的亡靈軍團，法洛則是在空中追擊薩特曼，長驅直入王宮裡。

而亞瑟在後方負責調派人手，以及指揮魔法師部隊，隨時給予前方支援。

酣戰大半天，王宮裡突地傳來一連串爆裂聲響，亡靈大軍頓時停止動作，一動也不動地僵立在原地。雖然它們早已死亡，大批亡者呆立的畫面還是相當詭異。

「別停！」阿爾法特手上的長劍仍舞得凌厲，不斷刺中敵方，每出一劍都有一名敵人倒下。

見阿爾法特如此英勇，義勇軍的成員們也趕緊恢復殺敵，趁這個空檔多解決幾名對手。

「薩特曼死了！只有操縱的亡靈法師死了，亡靈大軍才會停止行動！」亞瑟在後方欣喜地大喊，阿爾法特轉頭望去，只見亞瑟一邊說著一邊上了馬急馳而來，沿途的義勇軍成員都興奮地歡呼。

「太好了！」

「義勇軍萬歲！」

「亞瑟萬歲！」

「阿爾法特萬歲！」

經過阿爾法特身邊時，亞瑟放慢速度，對生死之交的好友交代：「阿爾法特，你收拾戰場，我進去看看。」

「沒問題，交給我。」

得到阿爾法特的承諾，亞瑟立即一夾馬腹，揚起手中長劍掃開擋路的亡靈士兵，直朝王宮奔去。

又過了好一會，阿爾法特和義勇軍眾人好不容易在所有亡靈士兵的胸口都補上一劍，確定它們沒有再戰的可能後，抬頭一望，卻見城堡裡冒出了火光。

「怎麼失火了？快救火！」阿爾法特驚喊，他心裡一緊，可怕的念頭閃過腦海——亞瑟和法洛會不會有危險？

阿爾法特拖著鏖戰一整天的疲憊身軀，從旁邊搶過一匹馬躍身而上，迅速飛馳而去。

剛抵達王宮城堡大門，他就遇到了臉色慌張的亞瑟。

阿爾法特跳下馬，扶住身形不穩的好友，急問：「亞瑟，法洛呢？」

「……他和薩特曼同歸於盡了。」亞瑟神情痛苦，忍不住別開視線。

「什麼！我不相信！」阿爾法特馬上就要往王宮內衝。

「你冷靜一點！我確認過了，難道你不相信我？」亞瑟激動地說，他指著身後的大火吼道：「火這麼大，就快燒過來了，比起一個人進去找法洛，你該想想如果你出不來，瑪莉該怎麼辦！」

瑪莉是阿爾法特的新婚妻子，阿爾法特自然不能拋下她。

「可惡！」阿爾法特頹然跪地，放開了原本握著的長劍，以拳頭猛擊地面，撕心裂肺地痛呼。

希爾清楚地感受到強烈的懊悔和心痛，胸口一抽一抽地疼著，接著他便眼前一黑，不省人事。

當他恢復意識的時候，眼前的場景似乎是幾個月後了，阿爾法特正在亞瑟寬敞的書房裡——帕米爾帝國已經建立，亞瑟成爲了國王。

「聽說瑪莉懷孕了？」

「嗯。」阿爾法特漫不經心地應了一聲。

「有心事？」敏銳的亞瑟察覺了異狀。

阿爾法特沉默片刻，還是把疑問說出口：「法洛真的死了嗎？」

「當然。」亞瑟不假思索地答。

阿爾法特注視著好友那看不出一點破綻的模樣，覺得自己幾乎要被說服了，可是他仍舊搖了搖頭，堅定地問：「你是不是瞞著我什麼？」

「我能瞞著你什麼？」亞瑟反問。

「我身上的契約紋印還在。」阿爾法特拉開衣服前襟，露出胸口，一小片金色紋印隱隱浮現。契約一旦成立，胸口就會烙上紋印，只有達成承諾或是其中一方死亡導致契約失效，紋印才會消失。

亞瑟沉默了下，想起了什麼：「該死！那個同遊紅土大陸的約定。」

「你說清楚，你真的親眼目睹法洛和薩特曼同歸於盡了嗎？」

「沒有。」亞瑟別過頭。

「沒有？那你還騙我？法洛呢！」

「我什麼都沒看見，我進去後只見到薩特曼的屍體，法洛不見蹤影。也許他走了，回龍族的領地了吧，誰知道呢？」

「你說的是真的？」

亞瑟沉下臉，冷冷地問：「難道要我立一個誓言咒你才願意相信？」

「我不是這個意思。」

「法洛是龍，而且是實力強大的龍，他既驕傲又捉摸不定，不會願意被控制，一旦有心進犯，人類將會再度陷入水深火熱之中，所以他離帕米爾越遠越好。」

「你怎麼可以這樣說？法洛把我們當朋友，不是嗎？」阿爾法特不敢置信。

透過阿爾法特的視角看著亞瑟的希爾也是同樣的震驚，這是那個被譽爲正義化身的亞瑟國王？

法洛曉得朋友是這麼看待他的嗎？

法洛若是知情，該會有多心痛？

「你有時候就是太過天眞了。」亞瑟顯得不以爲然，「面對異族還是要有點戒心。」

「什麼戒心？」

「冷靜點，我們好好想想怎麼解開你身上的主僕契約。」

「爲什麼是我身上的？你身上沒有？」

亞瑟輕描淡寫地說：「當時我用兔血代替了。」

「你！你別說你一開始就不想兌現諾言！」

「砰」的一聲巨響，阿爾法特氣得把一張椅子踢翻了，門外的侍從官嚇得進來查看，又被亞瑟吼著趕了出去。

「和法洛一起去玩個幾年又不是什麼難事，我怎麼可能會逃避？」亞瑟忿忿地駁斥。

「可是你這麼做了。」

「凡事總要留有後路，未雨綢繆。」亞瑟說得理直氣壯，阿爾法特沒有懷疑，因爲這就是亞瑟會有的想法。

但沒有懷疑是一回事，能不能接受又是另一回事。

阿爾法特已經氣到說不出話了，他又踢翻另一張椅子，這次侍從官沒有再進來。

「你剛剛說進王宮後沒看見法洛，對此你眞的敢立誓言咒嗎？如果說謊就讓你的靈魂永受折磨，無法回歸光明神的懷抱如何？」

亞瑟盯著阿爾法特，那審視的目光十分凌厲，彷彿兩人不是曾經一起出生入死、相交多年的摯友。

半晌，亞瑟深吸一口氣，別過頭淡淡說道：「我累了，你先回去吧，我會幫你想出解開契約的辦法。」

阿爾法特只覺渾身一冷。

這時，希爾感覺輕飄飄的失重感再次襲來，他頭昏目眩、如在夢中，有個聲音溫柔地對他說：「孩子，別哭了。」

希爾睜開眼，發現自己背靠著生命樹，而精靈王正拿出一條手帕遞給他，示意他擦臉。

希爾接過象牙白的絲質手帕往臉上一抹，這才曉得自己滿臉都是淚。

「我不敢相信法洛居然遭遇到那種事……阿爾法特原本是要陪法洛去遊歷紅土大陸的，沒想到亞瑟國王是那樣的人……」希爾的思緒混亂，說出口的話也前言不接後語的。

精靈王溫柔地看著，和緩的語氣帶著撫慰人心的力量：「希爾，都過去了，那已經是千年前的事。」

「對，都已經過了一千年了。」希爾緩緩複述，讓自己慢慢抽離情緒。雖然對剛以阿爾法特的角度經歷過那些事的他而言，事情才發生不久。

「別忘了你爲什麼來到這裡。」精靈王提醒。

「我是來救法洛的！」希爾立即回過神來。他不能讓法洛就這樣死去，他們還有很多未完成的約定等待實現。

「法洛在哪裡呢？」

「法洛被刺死了，目前在這個吊墜裡。」希爾把脖子上的項鍊從衣領內側拉出來。

「殺死一隻龍可不是件容易的事啊！」饒是閱歷豐富的精靈王，對此也感到訝異，但幾番思索後，他露出了然的眼神，「我明白阿爾法特爲什麼要你來找我了，這件事他也攪和進去了吧？」

希爾點點頭，心情十分複雜。

對於這位未曾眞正謀面的開國勇者祖先，他不知道該尊敬還是怨懟，雖然阿爾法特會採用亞瑟的方法替他解開早已不存在的主僕契約，出發點是爲了他著想，然而這卻再次傷害了法洛。更何況，阿爾法特所說的能使法洛復活的辦法，也還不確定是否有效。

「讓法洛出來吧。」精靈王往旁邊走了兩步，讓出兩人身前的一塊地方。

希爾依言唸誦咒語，光芒從項鍊射出，照在希爾身前的地面，待光芒褪去，地上便出現法洛平躺著的身體。

黑髮少年的臉色依然蒼白憔悴，但臉上已不見痛苦的表情，這令希爾覺得好過了一些。

不過法洛身上帶血的衣服仍在提醒他，那晚的情景並不是夢，法洛爲了救援中毒的朋友們暴露身分，耗盡了魔力，最終招來災禍。

一想到法洛所受的背叛和創傷，希爾胸口便又隱隱作痛，他強忍著悲傷近乎哀求地問：「法洛能復活嗎？」

「如果你是指他能不能醒過來，那答案是──可以。」精靈王緩緩地說。

「太好了！原來這世上還是有復活術的！」希爾眼睛一亮，激動不已。

「這不是復活術。」

「可是……您不是說法洛可以活過來？這不就是復活術嗎？」希爾不解地問。

「從來沒有不需要付出代價就能使一個生命復活的魔法。」精靈王微笑著，語氣顯得雲淡風輕，「這不算是復活術，應該稱之爲等價交換。」

「用什麼東西交換？」

「要讓一個生命活過來，當然只能讓另一個生命消逝。」

希爾雖然吃驚，仍毫不猶豫地說：「我願意，就用我的生命交換吧！」

「不。」精靈王拒絕。

「爲什麼？我的生命不行嗎？」希爾急了。如果他的生命不能用，上哪去找願意交出生命的人？他希望法洛復活，卻無法接受要爲此奪取別人的生命。

「這個代價已經有人付過了。」精靈王神情懷念，思緒彷彿回到了很久以前。

希爾怎麼樣也想不到會是這個答案，訝異地問：「誰？」

「阿爾法特。」

「什麼！」希爾不敢置信地叫出聲。

「千年前，他來到妖精森林交出了自己的生命，用以交換復活一位朋友。」精靈王低聲說。這件事他一直記著，腦海裡的畫面鮮活得像昨天才發生的事。

堅毅果敢的人類勇者突破重重阻礙來到妖精森林，毫不猶豫地獻出自己的生命，只爲了在不可知的將來拯救一位摯友。

「我肯定讓他失望了，誰叫我只是個自私又沒用的人類呢？」當時阿爾法特這麼說著，那堅定不移的態度卻令精靈王爲之動容。

「阿爾法特只說了一個理由，『他應該活著』。」精靈王回憶著。

來向精靈王尋求復活生命並付出代價的人很多，但從沒有人爲了不確定會不會用得上的復活術，而先付出代價。至少千年來，除了阿爾法特，精靈王再也沒遇過這樣的人。這就是爲什麼已經多年未見外人的精靈王，會願意見希爾一面。

「阿爾法特交出了自己的生命？」希爾喃喃地問，像是想確認這件事的眞實性。

「是的。」

藉由流傳給後代的魔法石設計了一連串陰謀，讓法洛去眞實之境取物，同時觸發裝置通知帕米爾王室龍出現了，而後啟動格菲爾的禁魔領域，殺了無法使用魔法的法洛。

阿爾法特如此費盡心機陷害法洛，卻又付出自己的生命換取法洛復活？

這樣的阿爾法特究竟是好人，還是壞人？

希爾覺得自己無法判斷了。

「人類的複雜是精靈所無法理解的，既然我對他有過承諾，就會盡力完成他的遺願。」精靈王的神情略顯哀傷，「我早已見過太多生死，也即將迎來生命的終點，完成這件事後，我就能了無牽掛地回歸生命樹了。」

「怎麼會？您看起來明明很年輕。」

「這座王宮受到上古魔法的封印，時間流動的速度非常緩慢，不過即使如此，生命總有盡頭。我眞正的身體已經無法行走，精靈一族將會有新的王接替。」

「什麼？那您這是……」眼前的精靈王居然不是以眞正的身體示人？

「這是精神力和魔力凝聚而出的產物，只能維持一陣子，所以希望你不會花掉太多時間。」精靈王俏皮地眨眨眼。

雖然精靈王語氣輕鬆，但希爾仍感覺壓力很大：「好、好的。我應該怎麼做呢？」

「這棵大樹就是生命樹，阿爾法特的生命一直存放在生命樹之中。你把法洛的身軀放到樹根上，接下來只要等待儀式自行完成即可。」

「好的。」希爾依言半抬半拖地努力把法洛放到生命樹的樹根上，接著退回原本站著的位置。

一切就緒，精靈王閉上眼睛，對著生命樹以精靈語唸了一長串咒語，語調緩而悠長，帶著特別的韻律。在神祕的誦唸聲中，生命樹的樹根開始發出光芒，接著逐漸擴散，最後整棵樹都沐浴在神聖的光芒中，無數條綠藤從枝葉間伸出，把法洛抬起並包裹起來。

「法洛不會有事吧？」

「放心，生命樹從來不會出差錯。」

見希爾依舊擔憂，精靈王善意地補充說明：「生命樹正在將阿爾法特的生命和法洛的生命進行交換，儀式結束後他就會醒來，肉體上的傷害和病痛也會痊癒。」

「太好了……」聽到法洛可以安然甦醒，希爾開心得眼眶泛淚。

一會之後，包裹住法洛的綠藤把他放回樹根處，隨即綠藤抽回，露出黑髮少年的身軀。

法洛的臉龐恢復了光澤和血色，胸口微微起伏，鼻翼微微張闔，已經有了呼吸。

「法洛？」希爾焦急地叫喚。

「別急。」精靈王安撫道。

法洛長而密的睫毛輕輕顫動，猶如做了一個深長的夢，將醒未醒。

希爾再也等不及了，他飛奔到生命樹旁，跪坐在法洛身邊，輕輕喚道：「法洛？你能聽見我說話嗎？」

法洛的眉頭蹙起，好不容易才掙扎著張開雙眼，迷濛的目光望著身邊的人：「希……希爾？」

「是我，你能活過來真是太好了！」希爾一邊哭一邊哽咽地說。如果法洛再不醒過來，他真的不曉得該怎麼辦了。

「別哭。」法洛的表情有點困擾，嗓音比平時要虛弱，看來尚未完全復原。

「我沒事，我只是……太高興了。」希爾趕緊用袖子擦掉眼淚。

「我太睏了。」才醒過來一下，法洛就感覺眼皮沉得張不開。

「你剛清醒，身體機能還沒徹底恢復，好好睡一覺就沒事了。」精靈王不知何時來到兩人身邊，適時地解釋，見法洛一臉疑惑還順道自我介紹：「我是精靈王，你剛被生命樹救了回來。」

「哦。」法洛實在睏到極點，無法再支撐了，只應了一聲便閉上眼睛。

「法洛這是怎麼了？真的睡一覺就會好了嗎？」看著再度闔眼的法洛，希爾的一顆心又懸了起來。

「沒事的，精靈不會說謊，精靈王當然也不會。」精靈王輕輕笑了一聲。

「那我在這裡守著他。」

「恐怕不行，我也需要休息的，你該離開了。」精靈王的目光轉向希爾脖子上的項鍊，「你可以再把他收回吊墜裡，那應該是個可以加速身體復原的魔法道具吧？」

「是的，我這就把他收進去。」希爾拉出項鍊的吊墜，朝法洛唸了咒語。一道光芒閃過，法洛重新被收進道具裡。

「很高興能和你見一面，你和阿爾法特有些像。」

「我和他哪裡相似呢？」希爾十分困惑，他明明什麼都不擅長，怎麼會像開國勇者？

「真心實意對待朋友這一點很像。」精靈王肯定地說。

聞言，希爾愣愣地說不出話。

「我帶你出去吧。」精靈王說著，率先邁步走在前頭，希爾趕緊跟上。

回程比來的時候快多了，因爲路上沒了阻隔視線的霧氣，也不需要再次經歷幻境。

希爾看清了身處的精靈王宮，這裡每一處裝潢都猶如精美的藝術品，一根根拱形柱延伸至天花板呈現出開枝散葉的造型，牆壁上的雕花紋飾典雅而不浮誇，走廊兩側皆有綠意盎然的樹木和花卉裝飾，讓人分不清身在室內還是森林裡。

臨別前，希爾才想到一個重要的問題：「阿爾法特是人類，但法洛是龍，那阿爾法特把生命給了法洛的話，法洛能活多久呢？」

聽了這個提問，精靈王只是笑了笑：「我也不清楚，畢竟把生命給了龍的人類，千年來也只有阿爾法特一個。」

「這樣啊。」希爾語氣裡有著明顯的失望。

「你的朋友在等你了。」

希爾趕緊鄭重地向精靈王道別：「謝謝您，再見了。」

「希爾，再見。」

不知是不是錯覺，離去之前，希爾看見精靈王的身影似乎淡了一點。

出了精靈王宮，希爾果然在宮殿前遇到納特和嘉蘭諾德。藍髮青年說了些什麼，把金髮尖耳的守林者氣得轉過頭，不再搭理他。

希爾以爲自己沒待多久，眼下天卻已經黑了，看來精靈王說的時間流速不同是眞的。

「納特！」

「希爾！你總算出來了。」一見到希爾，納特立刻迎上前去，雖然仍是平常那散漫的姿態，語氣仍聽得出擔憂，「法洛還好嗎？」

「他醒過來了，可是還沒有完全復原，所以待在吊墜裡面。」

納特點點頭，綻開笑容：「太好了！那就不和精靈王計較把我支開的事了。」

「你是不是進到幻境裡了？」

「果然是幻境，我就說怎麼會看到不可能出現在這裡的人……算了，不提了。反正後來我在裡面瞎繞，繞著繞著就莫名其妙走出來了。」納特語焉不詳地敷衍。

「沒事就好，精靈王陛下其實很親切，人挺好的。」達成此行目的，希爾非常開心，也沒打算追問納特看到了什麼，畢竟每個人總有那麼幾件不想多提的事。

「你見到王了？他看起來好嗎？」一聽希爾見過精靈王，嘉蘭諾德馬上關切地問。

「我見到的是他用魔力凝聚出的虛影，沒有見到本人，後來他說想休息了，就讓我出來。」

「這樣啊。」嘉蘭諾德難掩失望，不過仍努力打起精神，「我送你們出去。」

「對了，嘉蘭諾德，剛才你打賭輸了，記得願賭服輸啊！還有這麼晚了，不留我們住一晚嗎？再怎麼說我們也是精靈王的客人吧？」藍髮青年眼中閃過狡黠光芒，不放過這個難得的機會。

嘉蘭諾德臉色沉了沉，望了一眼夜色中的精靈城堡，這才勉強答應：「好。」

隔日一早，嘉蘭諾德把納特和希爾送到妖精森林邊緣。順利完成任務，希爾心裡輕鬆不少，而納特也心情極好，他和嘉蘭諾德打賭贏了十罈莓果酒，都被他收進空間道具裡了。

「再見了，下次再來找你玩。」納特吹著口哨道別。

「妖精森林不歡迎外人。」嘉蘭諾德鐵青著臉。

「別這麼小氣，不過是十罈莓果酒罷了。」

「既然已經送到這裡，我就先回去了。」

「哎呀，別不理人啊！」

金髮的守林者沒理會納特的叫喚，在林間幾個跳躍後，消失在兩人的視線裡。

此時希爾才好奇地問納特：「你們打賭了什麼？」

「賭你會不會見到眞正的精靈王。」

「你贏了，所以你知道我不會見到眞正的精靈王？」

「這次精靈族領地的氣氛不對，一般來說精靈對人類相當友善且包容，不會如此戒備，再加上精靈王宮裡連一個服侍的人都沒有，彷彿裡面就只有精靈王在，種種跡象都很不尋常。況且現任精靈王已經千餘歲了，肉體極有可能已經老邁不堪。」

「所以你就猜中了？」

「我有六、七成把握，不算瞎猜。」

「那嘉蘭諾德又怎麼會不清楚？」

「他是不願面對吧，八成是無法接受他們的王即將更替的事實。」納特幽幽嘆了口氣，隨即收拾好情緒，語調輕快隨意，「我們回德布森吧！」

「這次能飛慢一點嗎？」

「好。」

「對了，你要帶著法洛去哪？回格菲爾嗎？」納特問。

希爾遲疑半晌，最終還是說：「先回去看看吧？至少讓伊恩、諾亞、海曼、尼爾和凡諾斯老師知道法洛沒事了，他們幫了不少忙，應該不會傷害法洛。」

「嗯，先回去也好，畢竟都過好幾天了，也不曉得格菲爾的狀況怎樣。要是格菲爾不能待了，就到處遊歷吃吃喝喝也挺好的。」

兩人花了些時間重回德布森，這個朝氣蓬勃的農牧小鎮令希爾感覺特別親切，走在路上的腳步都輕盈起來。

走著走著，希爾突然發覺不對勁，回頭望向停下腳步的藍髮青年：「納特？」

「前面就是紅石商會的分會了，我送你到這裡。」納特笑著揮了揮手，微微上挑的眉眼眨了眨，宛如尋常的道別。

「不是要一起回去嗎？」

「我不回去了。」

「爲什麼？伊恩還在等你回去呢！還有希望之秋怎麼辦？」希爾不知道哪裡出了差錯，明明好好的，納特怎麼就鬧脾氣了？

「伊恩有他該回去的地方，而我也有我該回去的地方。」納特說得雲淡風輕，笑了笑又道：「至於希望之秋，當然就收起來嘍！生意差到不行，老闆不告而別也是很合理的。」

「什麼叫做伊恩有他該回去的地方？」希爾聽不懂納特前半句在說什麼，至於希望之秋的生意的確是差到不行，可是他們幾個以爲鋪子會天長地久地開下去，畢竟身爲店主的納特總是一副沒客人上門也不打緊的樣子。

「我和伊恩沒有血緣關係，而你都確定是阿爾法特的後代了，這樣你還沒想到什麼嗎？」納特揉了揉希爾那柔軟的棕色頭髮，像個大哥哥般無奈地安撫弟弟。

「我該想到什麼嗎？」希爾完全跟不上納特的思路。

「眞實之境裡的那把亞瑟國王的寶劍，只有具備王室血脈的人能拔出來，安東尼拔不出來，表示他沒有王室血統，但你和伊恩怎麼就能拔出來呢？這代表至少你們其中一人是王室的後代啊。」

「你是說……」希爾吃驚地瞪大眼睛。

「不是你，當然就只能是伊恩了。」

「但他是你弟弟——」

「我們畢竟不是親兄弟，他是時候回去了。」納特還是那副對什麼都不在意的模樣，然而越是如此，就越啟人疑竇。

「你還是想回去見他的吧？」希爾隱隱有這種感覺。

「我沒有，外面的世界那麼好玩，帶著一個小孩子去哪都不方便，我早就受夠了。」納特移開目光，語氣特別輕浮地說。

「你們的感情明明那麼好。」希爾堅決不相信納特說的話。

納特嘆了一口氣：「總是要分別的。」

希爾欲言又止，而後不放棄地勸道：「回去好好道別後再走，也是可以的？」

「也許你們回去時，他就變成伊恩王子了，我回去做什麼呢？作爲一個擄走王子殿下的罪犯被判刑嗎？」

希爾怔怔地說不出話，納特所說的發展確實不無可能，誰曉得王室會怎樣對待把王子殿下養大的人？法洛被殺害的事件才剛過不久，當初也沒人料到，救了伊芙琳的法洛會因爲是龍就被刺死，況且納特還是混血龍族。

「眞想看看他被叫王子殿下時困窘的表情啊。」納特望著遠方喃喃低語，隨即搖了搖頭，懶懶一笑，「你該走了。」

「……嗯，再見。」雖然不希望就這樣分別，但希爾找不出充分的理由挽留納特。

「再見，等法洛醒了再幫我向他道別，謝謝他救了大家，尤其是伊恩。」

「我會轉達的。」

「走吧！有機會就能再見面的。」納特催促。

希爾的眼眶微微溼潤，心裡十分感傷，走了兩步又忍不住回過身。藍髮青年孤立在街道上，總是掛在臉上的笑容似乎淡了，嘴角下垂，顯得特別落寞。

見希爾在看他，納特立刻恢復平時的樣子，慵懶地笑道：「還不走？」

「你不留句話給他嗎？」

向來能言善道的藍髮青年難得沉默許久，最終灑脫一笑，只簡單說了四個字：「一切保重。」

尾聲

希爾透過紅石商會的傳送陣回到格菲爾。

一來到街道上，他立刻發現氣氛有些詭異，來往商旅行色匆匆，聚集在街頭巷尾交頭接耳的人也特別多。爲了避免節外生枝，他沒有多做探究，直接前往希望之秋。他在出發前和伊恩與諾亞約定好了，如果回來就先到這裡集合，交換資訊後再討論未來的計畫。

帕米爾帝國學院放學後，在希望之秋等候多時的希爾總算等來了好友。

「希爾！你回來了！太好了，我去凡諾斯教授的實驗室打掃，所以晚了點過來，希望你沒等太久。」諾亞喜出望外地大喊。

「諾亞，怎麼只有你？伊恩呢？」這幾天壓力太大，希爾幾乎都沒睡好，在方桌前等著等著便睡著了，此時才被諾亞的嚷嚷吵醒。

「你一定想不到，伊恩居然是國王陛下的親生兒子，也是伊芙琳公主的雙胞胎弟弟！」諾亞語調誇張地說，沒想到唯一的聽眾反應不如預期，「你怎麼一點都不意外？」

「呃，我只是嚇傻了。」希爾想了下，還是沒說出納特已經告訴他伊恩是王子了，「我們走了之後，發生了什麼事？」

「你們走的那天，王宮裡來了侍衛把伊恩帶走，說是國王陛下要見他。後來他們好像談得不太愉快，伊恩就氣呼呼地回來了。」

「他們談了什麼？」
「要伊恩回去當王子。」
「他拒絕了？」
「對，我不懂他爲什麼拒絕，要是有這麼好的事情，我一定會答應！可是伊恩說他只是魔法道具修復師的弟弟，如果要回到親生父母身邊，也必須經過哥哥同意，除非——」諾亞拉長了聲音，刻意賣起關子，顯然是聽慣吟遊詩人說故事的後遺症。
「除非什麼？」
「除非國王陛下能下令帕米爾境內不再排斥異族，包括龍族在內，任何種族在帕米爾帝國都不會被無故殺害。」
希爾聽得呆了，接著眼角泛出淚水。這是不是代表法洛可以留在格菲爾了？
「國王陛下同意了嗎？」
「一開始當然是不同意的，不過在安東尼王子過世後也不得不答應了，畢竟伊恩是國王陛下唯一的兒子了。」
「什麼？安東尼王子過世了？」希爾大驚失色。雖然在精靈王宮的幻境中，安東尼坦承了自己是下毒的兇手，但安東尼畢竟是身分尊貴的王子殿下，怎麼會突然喪命？
「安東尼王子就是在晚宴中下毒的兇手，他讓莉莉絲去黑市買了『亡者的嘆息』，那是一種無色無味的毒藥，只要一點就能致命，也就是我們那天晚上所中的毒。他想毒死我們已經很可惡了，沒想到他還把毒酒送給國王陛下，幸好國王陛下有所警覺，沒有喝下。」

「居然還想殺害國王陛下！那可是他的父親啊！陛下一定很傷心。」希爾驚呼。

「就是因爲這樣，陛下才無法饒恕他。」

「那安東尼王子是被處死的？」

諾亞點頭又搖頭：「事情可沒那麼簡單。前天傍晚王宮發出布告，宣布王子殿下得了急病猝死，大家都在猜到底發生了什麼事。」

「急病？」

「而且莉莉絲也死了，聽說公爵大人深受打擊。」諾亞嘆了一口氣，無比扼腕，美麗女孩的猝逝總令人惋惜。

「國王陛下也處死了莉莉絲？」希爾倒抽一口氣。

「我是聽伊恩轉述的。」諾亞壓低聲音，一臉神祕，「當時國王陛下把安東尼王子和莉莉絲叫到大殿上，命令安東尼王子喝下自己送的酒。原本王子是要喝的，可是莉莉絲突然瘋了一樣承認是自己去買了毒藥，攬下一切責任的她搶過杯子，喝掉毒酒。安東尼王子明白自己的計畫已經被國王陛下識破，於是在莉莉絲之後也喝了毒酒，抱著未婚妻死去。」

希爾好半晌說不出話。雖然安東尼和莉莉絲是害了他們的兇手，但前幾天才一起共進晚餐的人，如今已經不在人世，他的心裡多少還是有些感慨。

「沒想到會是這樣的結果……」

「是啊，安東尼王子比我們還早得知伊恩擁有王室血脈，據說他是想藉那天的晚宴除掉所有的王位繼承人，我們這些不相干的人是碰巧被牽連的……唔，說碰巧也不盡然，海曼和尼爾跟他一起進過眞實之境，而我們曉得他在礦坑裡丟下整支屠龍隊，說不定本來就在預計剷除的名單中。」

諾亞一股腦說完這幾天發生的事，才想到忘了先問最重要的問題：「法洛呢？勇者大人說的復活方法有用嗎？」

「法洛活過來了，不過他非常需要休息，目前還在凡諾斯老師給的道具裡休養。我擔心王室在追捕龍族，所以沒把他放出來。」希爾抽出項鍊看著吊墜，猶豫著是不是讓法洛出來透氣。

諾亞雖然也想看看法洛，仍是體貼地說：「你回宿舍後再讓他出來吧，這樣可以直接到床上休息。對了，你們要繼續待在格菲爾嗎？」

「等法洛醒來，我再問問他的想法。」希爾擔心發生那樣的事情後，法洛可能不會想繼續留在這裡。

「留下來吧，再一年就畢業了，而且國王陛下已經宣布帕米爾境內禁止殺害異族，就算法洛被發現是龍也沒關係了。」

「這麼說是沒錯，但如果法洛想離開，我也不能自私地勉強他。」

「別想太多，一切都會好起來的。如果國王陛下想抓法洛，作爲王位繼承人的伊恩肯定會第一個反對。」

「伊恩是王儲了？」

「是啊，畢竟他是國王陛下唯一的兒子，下個月就要舉行王儲任命儀式。他現在除了劍士學院的課，還得補上這十多年來沒有學習的宮廷禮儀和各種王儲必修課。」

「他還好嗎？」希爾光是用聽的就覺得負擔沉重。

「看起來快累垮了，不過你放心，伊恩不會那麼容易被擊潰的，明天去學校就能碰面了。」

希爾心中還有一個擔憂，他琢磨了半晌，最後還是問了：「伊芙琳公主的狀況呢？」

「唉，我眞不懂善良的公主殿下怎麼忍心傷害法洛，何況他還救了大家。」諾亞嘆了一口氣，「伊芙琳公主從那晚之後好像就病了，聽說還和國王陛下鬧彆扭，好幾天沒去學校了。」

希爾不知道自己該對伊芙琳抱持什麼樣的態度，原本他認爲公主殿下是光明神的傑作，全身上下都是優點，然而自從伊芙琳刺死法洛後，希爾就對她隱隱產生了惡感。聽聞伊芙琳已經好幾天沒去上學，他竟感覺鬆了一口氣。

「你看起來瘦了好多，要不要去我家的鹹派鋪吃點東西？」諾亞擔心地打量希爾。

「我該回宿舍了，我想早點讓法洛出來，一直待在魔法道具裡我怕會出問題。」

「說的也是，凡諾斯老師給的東西不曉得可不可靠，雖然都用這麼多天了，要是有問題也來不及了。」諾亞開了個玩笑，見希爾眞的露出擔心的表情，他趕緊安撫，「放心，納特都檢查過了，肯定沒問題的。」

希爾點點頭：「希望如此。」

「等等，說到這個，納特呢？他不會是發生了意外吧？」思及這個可能性，諾亞立刻倒抽一口氣。

「沒有，納特沒事，他只是去遊歷紅土大陸了。」

「這麼突然？他不和伊恩道別？」

「他說伊恩長大了，讓他保重。」想起納特的離開，希爾心裡又有些難受。

「這些話等明天見到伊恩再告訴他吧，眞可惜，伊恩一直等著納特回來的。」諾亞遺憾地接受了這個事實，心想無比敬愛哥哥的好友多半會很難過。

「嗯。」

回到宿舍以後，法洛又多睡了兩天才醒來，心急如焚的朋友師長們幾乎都來探望過一輪了。

「法洛，你早點醒來讓我請你吃鹹派吧！」

「父王已經保證只要你不危害帕米爾，就不會再對你出手了。」

「你上次借我的那本《如何有效與老師周旋》我看完了，內容爛死了，我想找個時間還你。」

「謝謝你救了大家，紅石商會的拍賣會將爲你留一個包廂，就等你醒過來。」

「就算你偷看過《格菲爾小蜜桃的性感告白》我也不會處罰你，快醒來吧！」

「孩子，你既無私又勇敢，我沒什麼禮物能給你的，等你醒了，再多送你幾塊糖霜蘋果派吧。」

在法洛甦醒的這天，希爾和法洛的寢室迎來了特別的客人，希爾見到她時，心中閃過了帶著法洛逃跑的衝動。

「我可以看看法洛嗎？」憔悴的伊芙琳幾近哀求地說。

眼看公主殿下如此放低身段，希爾的態度不禁軟化許多，不甚確定地問：「妳會再傷害他嗎？」

聞言，伊芙琳像是被刺傷了似的，雖然勉強維持鎮定，她的眼眶裡仍慢慢浮現淚光：「不會了。」

「讓她進來。」法洛的聲音從背後傳來，希爾回過頭，只見法洛正從床上坐起身，幾撮頭髮不聽話地亂翹，彷彿只是睡了一覺般，和往常沒什麼不同。

「好的。」法洛的主動要求令希爾放鬆許多，他依言讓開身子，讓公主殿下進來。

伊芙琳走到法洛床邊，眼神流露出欣喜：「你沒事眞是太好了。」

「妳是來看我有沒有死嗎？」

法洛語氣裡的冷淡和諷刺使伊芙琳十分受傷，雖然法洛過去也不怎麼搭理她，卻還不至於這樣冷言冷語。

公主殿下神情一黯，低低地說：「我是來道歉的，對不起。」

「妳覺得我有心胸寬大到能原諒殺了自己的兇手嗎？」

「不然……」伊芙琳愧疚無比，她明白要法洛原諒自己不是那麼簡單的事，畢竟她可是刺死了對方，不過她既然特地來了，那就是做好了心理準備。只見伊芙琳淒楚地笑了笑，抬起頭雲淡風輕地說：「你殺了我吧。」

「好啊。」法洛乾脆地回答。

「什麼！」一旁的希爾驚叫，趕緊出聲阻止，「法洛，絕對不可以！」

「爲什麼不可以？」法洛牢牢盯著伊芙琳，同時抬起手，魔力凝聚的金色絲線從手掌延伸而出，像有生命似的舞動著。

希爾著急地上前想制止，卻被法洛用一面冰牆隔開，他只得試圖勸說：「國王陛下已經下令不會殺害異族了，好不容易大家可以和平共處。」

「我知道。」法洛雖然沉睡了好一陣，對於大家在他床邊說的那些話，他還是或多或少有聽見，不過他眉宇間的冷意並未散去，「那又如何？」說話的同時，他手中的金色絲線如蛇信一般迅速逼近伊芙琳。

在身爲龍的法洛回復了魔力，又沒有禁魔領域的情況下，伊芙琳心知自己一點還手之力也沒有。然而即使害怕得止不住顫抖，她仍稱職地展現出公主該有的姿態，抬頭挺胸，不顯露出怯懦的模樣。

氣氛凝滯，金色絲線的前端已經極爲接近伊芙琳的眉心，也許身子不小心晃一晃，便會被刺穿頭顱。能夠瞬發魔法的法洛施展一般魔法不需要唸咒，只要動動手指，公主殿下就將回歸光明神的懷抱——但法洛遲遲沒有動手。

「妳很害怕。」

「是的。」伊芙琳明白自己說謊也沒用，在生死之前感到恐懼並不可恥，至少她沒有逃走。

法洛不解地注視著伊芙琳，抬起的手慢慢放下，手上的金色絲線頓時消失：「既然害怕，爲什麼要讓我殺妳？」

「爲了負責。」

「這樣就能負責？人類眞是難以理解。」法洛的表情緩和了些，抬眼望見冰牆後的希爾一臉焦急，他隨手一揮，冰牆瞬間消失無蹤，棕髮的魔法學徒立刻過來安撫傳說中的惡龍：「要不要來點蘋果汁？據說蘋果汁對傷勢復原和安定情緒很有幫助。」

「好。」法洛點頭，回以淡淡的微笑。

希爾離開前不忘叮囑：「我這就去買，你等我回來。和公主殿下好好談，別傷害她。」

法洛眉頭皺起，卻沒有發作，順從地點頭答應。龍族一向信守承諾，希爾這才放心地離開宿舍。

伊芙琳目送著希爾的背影，眼裡有著羨慕，她很清楚法洛永遠也不會對她露出如此柔和的神情。房門闔上後，公主殿下才收回目光，直視法洛：「你不殺我了嗎？」

「殺了妳也沒意思。」

聞言，伊芙琳心下一鬆。

「你想要什麼？只要是我做得到的，一定會幫你達成。」

「我想去遊歷紅土大陸，不過已經找好旅伴了，畢業後就出發。」法洛認眞地思索後回答。

伊芙琳雖然尷尬，仍保持著優雅的微笑：「那就先保留著，等你想到了再告訴我。」

當希爾帶著蘋果汁回來時，房間裡只剩下法洛，美麗的公主殿下已經不在了。

「公主殿下呢？」

「走了。」

「眞可惜，我多買了蘋果汁要給她。」希爾惋惜地說，即使他不曉得公主殿下喜不喜歡蘋果汁。

「那就給我喝。」

「好吧。」希爾只當法洛是想多喝點心愛的蘋果汁。

於是，法洛又坐到了最喜歡的窗臺邊，靠在那裡享用蘋果汁，姿態悠閒愜意。

窗外正飄著細雪，校園裡的景物覆上一層薄薄的白色，棉絮般的雪花緩緩飄落，很是唯美，法洛瞧了一眼希爾，打消了開窗的念頭。他一邊欣賞窗外景色，一邊聽希爾敘述那晚他倒下後的事，突然覺得待在魔法學院裡的日子也不是那麼無聊。

「如果那晚我們沒有赴宴就好了。」希爾說完後，嘆了一口氣，這段時間他始終為此懊悔不已。

「不，就算沒有那場意外，也會有別的事讓我暴露身分。」法洛說得肯定。

「爲什麼？」

「亞瑟和阿爾法特大費周章把格菲爾弄成一個大型禁魔領域，不可能沒留下讓我不得不暴露身分的辦法。」

既然花費了龐大的財力物力、絞盡腦汁設置陷阱，又怎麼可能漏了最重要的一環？雖然安東尼王子的晚宴是個意外，不代表躲過了那一晚就能逃過一劫。

「阿爾法特在留下的魔法石影像裡向你道歉，你會原諒他嗎？」希爾小心翼翼地問。

「阿爾法特啊。」說起這個名字，法洛目光飄向遠方，像是陷入回憶，「我不怪他。」

「其實他是想和你一起去遊歷紅土大陸的。」希爾認爲自己應該讓法洛知曉這個眞相。

「你怎麼知道的？」法洛不解地問。

希爾這才把在精靈王那裡看到阿爾法特記憶的事告訴法洛，說著說著，難過和不捨隨之湧上，令他越說越哽咽。

「我不是還好好的在這裡嗎？」法洛皺眉，不知該怎麼安慰希爾，難道還用擁抱那一招？

希爾眼泛淚光，看著法洛：「我想問一個問題。」

「說。」

「你一定要說實話。」

「好。」

「打敗亡靈法師薩特曼那天，亞瑟國王進入王宮後，你們有遇上嗎？」

「哦，當然遇上了，我以爲他是來接我的，結果他居然趁我沒有防備，出奇不意給了我一劍。那把劍就是伊芙琳用來刺我的那把，眞是想忘也忘不了。」法洛冷冷說完，隨即驀地陷入一個擁抱。

「法洛……」希爾光是想像那情景，心底便狠狠抽痛著，而身爲當事者的法洛又會有多受傷？一想到這裡，他的淚水就不受控制地不停落下。

法洛鎭定的表情瞬間消失，慌了手腳：「我在說我的事，你怎麼哭了？」

傳說中的惡龍感覺自己更不了解人類了，不過這種被抱住的感覺似乎不錯。

「我就是覺得難受。」

「你因爲我的事而覺得難受？」

「嗯。」希爾點點頭。

法洛愣了半晌，人類會爲一名龍族的遭遇而難過落淚？這是他想像不到的。

他好像該說點安慰的話，可是該說什麼呢？

「你要再喝點蘋果汁嗎？」法洛眨著眼睛問。

「不要。」

「我的魔物學作業寫了嗎？」

「還沒。」

「期末考怎麼辦？」

「別說了……」希爾被問到都要不能好好哭了。

他擦了擦臉上的淚水，想起在精靈王宮時問過精靈王的問題，心裡暗暗下了個決定。

既然無法確定復活後的法洛能活多久，那就只有一個辦法。

「法洛，我有個要求。」

「你說。」法洛自信地望著希爾，彷彿只要希爾說得出來，他就能做到。

「我想和你締結生命共享契約。」

法洛愣住，半晌才說：「訂那種契約做什麼？」

「你把生命力分了一半給我，而龍族一半的生命力大概能讓我活個幾千年吧？」

「差不多。」

「可是你現在的生命是阿爾法特交換給你的。」

「嗯。」

「龍可以活很久，可是連精靈王也不清楚阿爾法特交換給你的生命能有多長。」

法洛愣了下，想了個方式安慰希爾：「這沒什麼，活太久也是會膩的。」

法洛一副無所謂的樣子，還反過來安慰人，這讓棕髮少年一時間不知該如何反應，眼眶又紅了：「就算你眞的不在意，我也不想一個人活那麼久，嗯，對，就是這樣！」

「那我死前幫你找隻龍作伴？納特如何？我記得你和他處得滿好的。」說到最後，法洛的語氣裡透著一絲自己都沒察覺的嫉妒。

「英明的法洛閣下，您的魔法造詣高深，想必應該曉得如何締結生命共享契約？」希爾不理會法洛的提議，堅定地問。

良久，黑髮少年才輕聲回應：「當然。」

「那我們現在就締約吧。」

法洛站到希爾面前，再次確認他的意願：「你不會後悔嗎？」

「絕不後悔。」

於是，法洛握住希爾的手，魔力凝聚的金色光芒將兩人籠罩，恍若一體。

法洛用指尖在半空中寫下一個又一個上古符文，口中低低吟唱：「光明神在上，請您撥轉生命的沙漏，讓法洛．米格底里斯與希爾．伯斯頓共享此生，直到一同回歸於輪迴。」

一道流金般的光芒閃過，兩人的胸口處都多了一道以繁複上古符文組成的印記。

從此，他們誰也不會比另一人多活一秒。

（全文完）

番外　期末考後的那些事

帝國學院的一間扇形階梯教室裡，最前方的講臺上站著一名教授。有著一頭銀灰長髮的他戴著細框眼鏡，正笑吟吟地瞧著兩名接受期末考的學生——是的，空曠的教室裡只有兩名學生，顯然是在補考。

黑髮的那名學生早就寫完了，已經趴在桌上睡覺，而棕髮的學生則是每隔一會就一臉糾結地抓頭咬筆桿，手上的羽毛筆都快被咬禿了。

下課鈴聲響起，灰髮教授慢悠悠地走到兩名學生面前，用懶洋洋的語氣說：「時間到了，別掙扎啦，交卷了。」

「好的，凡諾斯教授。」希爾在試卷上寫下最後一道魔法算式，停筆將考卷交上。

「法洛？」凡諾斯往旁邊走了一步，搖頭看著睡得香甜的惡龍閣下。

「法洛，醒醒。」希爾趕緊搖了搖法洛。

只見傳說中的惡龍睡眼惺忪地抬起頭，還打了個呵欠，不耐煩地問：「什麼事？」

「交卷了。」

「哦。」法洛低下頭，沒看到自己早已寫完答案的考卷，這才發現試卷黏在了臉上。畢竟是見識過各種大場面的強大龍族，也不見他有什麼尷尬，手一抬便把臉上的試卷撕下，大大方方地交給凡諾斯，「喏。」

「嗯，依然是挑不出錯誤的答案啊。」凡諾斯抬了抬眼鏡，仔細檢視法洛那張被壓得皺巴巴的試卷。

「當然，又不是多難的題目。」法洛面有得色。

「至於希爾……」凡諾斯接著又看起另一張字跡工整的試卷。

棕髮的魔法學徒一顆心懸了起來，就怕沒通過考試需要留級，不能如期畢業。

凡諾斯故意吊人胃口地嘆了一口氣，欲言又止。

「怎麼了？答錯很多嗎？」希爾突然覺得前途烏雲密布，整個人坐立難安。

法洛看不過去，立刻仗義執言：「要是不給通過，就把這間教室炸掉好了。」

「不可以！」不可以炸掉教室、不可以威脅老師！希爾懷疑法洛對於融入人類世界的學習是不是哪裡出了差錯？

「是有些問題，不過基本上是及格了。」灰髮教授這才聳聳肩，末了又補了句，「我可不是怕教室被炸掉才這麼說的。」

「太好了！」

「聽說這科是你們的最後一科補考，恭喜你們可以放暑假了。」凡諾斯收起試卷，他知道這兩名學生是經歷了生死難關才能再次回到教室，一時之間不禁有些感慨。

希爾聞言開心地道謝：「謝謝教授！」

「謝他做什麼？」傳說中的惡龍不解地瞧著希爾。在他的認知裡，希爾是憑藉自己的實力通過考試，和凡諾斯一點關係也沒有。

凡諾斯不以爲意，隨手把垂落到身前的不聽話髮絲撥到腦後，眨了眨深邃的綠眼睛，微笑道：「法洛，歡迎你回到學校。」

「雖然不曉得你爲什麼會幫忙，我的確是欠了你一份人情，不過別指望我會幫你做什麼事。」法洛表情不變，語氣不冷不熱，只有希爾明白傳說中的惡龍其實是想說：「人類，這份人情我還定了！」或是：「要我幫什麼忙就說吧！」

「我才不指望會有什麼回報，你那時候根本已經兩隻腳踏進棺材……噢，應該是整隻龍都躺進去了才對。」凡諾斯顯然不如希爾了解法洛，他揶揄了兩句便拿著試卷走出教室，臨走前不忘揚手道別，「暑假愉快！」

目送凡諾斯的背影消失在教室門外，希爾這才兩肩一垮放鬆下來，像虛脫了似的。爲了補考，他已經熬了好幾天的夜。

「總算結束了。」

法洛皺起眉頭，忍不住說出令他困惑許久的問題：「明明接收了一半的生命力，怎麼就沒有我一半的智慧？」

「我也想知道……」希爾也希望自己可以有法洛的一半……不，只要有百分之一的智慧和記憶力就夠了。

「算了，接下來要做什麼？」

「啊！現在幾點了？」

「十一點鐘，有什麼事嗎？」

「我差點忘了，十一點半是伊恩的王儲任命儀式，在大教堂。」希爾匆匆把羽毛筆和課本塞進書包。

「我們用飛的好了，反正不怕曝光身分了。」

「不行，格菲爾城內禁止飛行，而且你的身分還是越少人得知越好。」經歷這麼多波折後，希爾得到了一個血淚教訓——法洛是龍的事必須保密。

在滅龍戰役過後五百年的現在，龍族實在太稀有了，即使萊恩國王頒布了和異族和平共處的宣告，法洛暴露身分還是可能引起有心人的覬覦，甚至招來惡意。

法洛愣了一下，卻也沒反駁：「好吧，這次就聽你的。」

希爾拉著法洛穿過大街上的市集，躲過兜售大教堂觀禮座位的不肖商人，跟著人群一路前行，總算來到大教堂門口。他踮著腳尖往裡頭一看，富麗雄偉的聖堂中滿滿的都是人，不只座無虛席，連走道上都站滿了民眾。

「裡面滿了。」法洛淡淡地道。

「往這邊。」希爾怕和法洛走散，繼續拉著他的手走向教堂東側的入口，拐過一個轉角遠離看熱鬧的人們，遠遠地就望見在大太陽下等得額角都出汗了的諾亞。

「我等好久了，你們怎麼這時候才來？」諾亞急急忙忙地說。

「我們剛考完期末補考，馬上就來了。」希爾解釋。

「啊，我都忘了你們要參加補考。考試還好嗎？」

「自然是通過了。」法洛理所當然地說，希爾也點點頭表示考試順利——雖然他不像法洛一樣，幾乎沒怎麼準備就輕鬆通過了。

「我就知道你們沒問題的。」諾亞說著便邁開步伐，比了個手勢示意他們跟上，「伊恩幫我們留了好位子，跟我來。」

三人繞過重重人群，來到大教堂後方，一名身著騎士盔甲的侍衛隊隊員像是等候多時，見到三人立刻迎上來：「是王子殿下的朋友嗎？」

「是的，麻煩你帶我們去觀禮包廂。」諾亞出示了典禮邀請函。

對方看過之後，行了一個騎士禮：「這邊請。」

他們跟著侍衛從大教堂後門進入，穿過長廊上了樓梯後，又走了一段路，最後停在一扇門前。

「裡面就是貴賓包廂了，請。」

諾亞和希爾向侍衛道謝，法洛則逕自推開門。包廂內擺設簡潔，有著兩張舒適的大沙發，和面向大教堂前方講臺的大窗子，而裡面已經有兩個人在了。

「是你們？」

舒特商會的繼承人和紅石商會會長的次子已經到了好一會，在包廂裡無聊得發慌的兩人，正在考慮交流自家祕辛作爲娛樂解悶，沒想到會遇到老朋友。

「這裡可是貴賓包廂，你們怎麼來了？」海曼驚訝了一下，隨即明白了，「對了，你們和伊恩原本就是一起的。」

「要叫伊恩王子殿下。」尼爾小聲提醒好友，畢竟如今伊恩身分已經不同。

「我知道，下次遇見了再改口。」海曼不甘願地回應。

尼爾點點頭，隨即友善地招呼三位同學：「快進來坐吧，這間包廂視野很好，還供應點心和果汁。」

「坐這邊吧。」海曼自動讓出位子，起身去和尼爾坐到一塊，嘴上卻不輕易示弱，看了一眼法洛後說：「我可不是怕你才這麼做的。」

「我們明白，這是因爲你把我們當朋友。」希爾微笑著迅速接話，就怕由法洛開口會破壞這難得的和平。

被這麼一說，海曼立刻僵住，一副想回嘴卻又不知該如何反駁的表情，尼爾忍著笑，拍了海曼的肩膀幾下權充安撫。

「海曼謝謝啊，我也把你當朋友。」諾亞沒發現海曼表情微妙，順著希爾的話道謝。

而法洛沒理會海曼，自顧自地坐進了舒適柔軟的毛絨長沙發，諾亞和希爾隨後跟進。

五人等待著儀式開始，一邊打量房內歷史悠久的精緻雕刻及玻璃彩繪，一邊談天說地。

「法洛看起來精神很好，恢復得不錯？」尼爾關心地打量法洛。

「還可以。」法洛懶懶地回答。

「他根本就像什麼事也沒發生過。」海曼咕噥了一句。

「法洛能活過來眞是奇蹟，當時大家都哭了，就連海曼也不例外。」諾亞十分感慨。

聞言，舒特商會繼承人慌亂地站起身喝斥：「別亂說！」

「我敢向光明神發誓，雖然你轉過頭偷偷拭淚，但我眞的看到了。」諾亞無辜地眨眼，「我原本還以爲你不喜歡法洛呢。」

海曼又羞又窘，只好佯怒道：「閉嘴！」

「我說錯了什麼嗎？」諾亞轉頭問希爾。

感覺到海曼的目光射來，希爾乾笑著轉移話題，指著已經被法洛吃了不少的點心：「這些點心挺好吃的，要不要來一點？」

「好啊，看起來很美味呢。」諾亞這才意識到自己還沒享用，於是直接拿了兩塊吃起來，「眞好吃！」

「哼。」海曼這才悻悻然坐下。

「就算承認也沒什麼好丟臉的。」尼爾低低笑著。

「我只是覺得他活著比較好，這和喜不喜歡沒有關係。」海曼鄭重澄清。

吃著點心的法洛想起希爾說過的話，突然就對海曼和尼爾說：「謝謝你們的幫助，不枉費我浪費魔力救了你們。」

後面那句話不用說啊——希爾無力地在心裡糾正。龍的道謝方式都這麼彆扭嗎？

海曼的臉色變了幾變，本來聽第一句話時還有些不好意思，可是後面那句就不對勁了：「哪有人這麼道謝的？」

而尼爾愣了愣後笑了：「這的確是法洛的風格啊！比起你爲我們做的，紅石商會提供的只是微不足道的協助。」

希爾扯著法洛不讓他說話，搶著代爲回答：「總之，法洛很感激你們提供的協助。」

這時，海曼想起自從發現法洛是龍之後，就有點在意的一個問題：「喂！你之前和我決鬥，是不是覺得耍著我玩很有趣啊？」

「沒有。」法洛連眉頭都沒抬一下，淡淡回答。

「眞的沒有？」海曼追問。

「一點也不有趣啊，你太弱了。」法洛一臉提不起勁的樣子。

海曼額角的青筋抽了下，跳了起來指著法洛道：「你、你不要以爲你是龍我就會屈服！」

「不然你要再比試一次？」法洛慢慢勾起嘴角，抬頭看向海曼，眼裡盡是強者獨有的自信和從容。

「你——」海曼欲言又止，最終沒有正面答覆。

此時，悠揚的樂聲響起，宣告了儀式的開始。

眾人起立，同聲唱起辛格里斯的祝禱歌，在祝歌悠揚的旋律中，大祭司文森領著十二名祭司分成兩列進入大教堂，每位祭司都身穿金色滾邊的象牙白高階祭司袍，手持儀仗和象徵光明神慈愛與恩典的鮮花、天平、沙漏、箭矢、刀刃、盾牌等等。

長鬚及胸的大祭司來到教堂前方，抬起雙手，沐浴在自穹頂灑落的陽光下，神聖非凡。他慈愛地環顧眾人：「願光明神的榮光與大家同在。」

「也與你的心靈同在。」眾人齊聲應和。

大祭司轉向教堂門口的方向示意，樂師們接到指令，隨即奏起專屬國王的進行曲，大家便知道這是萊恩國王要入場了。

因為儀式開始而被闔上的教堂大門，由兩位神職人員重新由內打開，露出門外長長的紅毯。大教堂外已恢復秩序，一排穿著騎士鎧甲的衛隊分立紅毯兩側，隔開人群。

紅毯的另一端是頭戴翎羽帽、手持禮儀劍的宮廷儀隊，儀隊走在前頭開道，接著是撒著花瓣的兒童，然後才是盛裝出席的萊恩國王，緊跟其後的則是伊芙琳公主和伊恩王子。

「伊恩出來了。」諾亞小聲說。

「一陣子沒見了呢。」希爾的目光也落到曾經一起冒險的好友身上。

「沒想到伊恩是人類的王子，看來會很有趣啊。」法洛自顧自地說。

伊恩身穿筆挺的禮服，華麗而不失英氣的訂製服將他的身形襯托得更加挺拔，顯得神采奕奕又帥氣。雖然對眼前的大陣仗有些不習慣，他仍然態度大方，面色平和。

「沒想到伊恩和公主殿下是雙胞胎姊弟……」希爾後知後覺地發現，伊恩的髮色恢復為金色後，和伊芙琳站在一起，五官輪廓確實有七、八分相似。原本的亞麻髮色想必是納特當年施了魔法，以免伊恩暴露真實身分。

「這樣伊恩是不是就很難出來和我們玩了？」諾亞遺憾地說。

「你要王子殿下陪你玩什麼？」海曼不以為然地嘲諷。

「別這麼說，王子殿下和我們不同，肯定有許多王室的課程要補上。」尼爾趕緊打圓場。

「你們真吵。」法洛不滿地表示，包廂裡的四人立刻安靜下來，畢竟讓一隻龍生氣會發生什麼事很難預料。

大家的注意力回到大教堂內最前方的高臺上，萊恩國王站在中央，大祭司在其中一側，另一側則是伊恩和伊芙琳。

「鄭重向大家介紹，這是伊恩，我失散多年的孩子。」萊恩國王把手伸向伊恩，示意他向前一步，眾人紛紛對回歸的王子殿下報以熱烈的喝采和掌聲，伊恩抬起單手放在胸前，向群眾回禮。

萊恩國王滿意地看著伊恩，待掌聲漸歇才接著說：「今日在光明神的見證下，我將任命他為王位繼承人。」

「天佑帕米爾！萊恩國王陛下萬歲！伊恩王子殿下萬歲！」眾人齊聲高喊，宮廷樂師也奏起了帕米爾進行曲。

接著，大祭司站到中間，手持儀仗象徵代表光明神見證一切，而萊恩國王拿起侍從官以金絲絨盤子托著的寶劍：「這是帕米爾王室代代相傳的寶劍，象徵帕米爾這個姓氏的榮耀與責任，今日在光明神和帕米爾子民的見證下交給你了，你要保管好。」

語畢，他慎重地將寶劍交給伊恩。

「我會的。」伊恩單膝跪地，雙手高舉過頭接下。而後，他起身舉起手中的寶劍，觀禮群眾個個起立鼓掌，報以喝采。

「帕米爾萬歲！」

「伊恩王子萬歲！」

包廂裡的四人一龍安靜看著這一幕，或感動或震撼，相同的是他們都見證了帕米爾帝國歷史性的一刻。

「伊恩看起來很帥，很有王子的架勢呢。」希爾爲好友感到驕傲。

「沒錯！比安東尼王子好多了。」諾亞附和。

「還提那個人？我們都差點被他殺了。」海曼一臉厭惡。

「是我們太沒有警覺心了。」尼爾反省。

「還好有法洛。」諾亞這麼一提，四人的目光都轉向正專注觀賞著儀式的法洛。

感受到朋友們的目光，惡龍閣下慢悠悠地轉過頭來，認眞地說：「那把劍看起來很有歷史的樣子，不知道有沒有什麼有趣的用途，等一下和伊恩借來看看吧？」

「那是王位繼承人的信物……」尼爾不確定法洛是不是在開玩笑。

「只是看看。」

「不行。」希爾內心升起無力感，但仍用堅定的語氣表達此事不容商量，希望傳說中的惡龍能打消念頭。

法洛對希爾的回答不甚滿意，哼了一聲：「人類的規矩眞是麻煩。」

隨後，萊恩國王發表了演說，肯定伊恩的正直與勇敢，同時期許伊恩能成爲一個合格的繼承人，至此王儲任命儀式才眞正圓滿落幕。

離開前，四人一龍交流了寒假的計畫。

「你們寒假打算做什麼？我以前都是和伊恩一起玩的，看來今年只能專心幫忙賣鹹派了。」諾亞頹喪地說。

「和家裡的高階魔法師一起修習魔法，順便跟我家老頭學做生意。」海曼的語氣裡沒有炫耀的意味，對他來說，這些安排再正常也不過。

「管理紅石商會的拍賣場吧。」尼爾似乎也是早就計劃好了。

「回波偲的護幼院？」法洛不太確定地看向希爾。

「補考前，我寫了封信給凱薩琳老師，告訴她我們會晚幾週回去。」希爾笑了笑。

「哦？」英明的惡龍閣下神色一動。

「所以，我們可以先在格菲爾附近的城鎮遊歷一下，再回到波偲。」希爾說出自己的打算。

法洛眼睛亮了亮，總是自信的他難得露出驚訝的表情，喜形於色：「真的？」

「雖然不是正式展開紅土大陸之旅，不過還是可以來個小旅行。我們一起去吧！」

「好。」

「啊?你們要去旅行？」諾亞露出羨慕的眼神。

「對啊，諾亞要一起來嗎？」雖然法洛沒有邀請諾亞的意思，希爾仍善意地詢問。

「我是很想去，可是我怕出去玩太久我爸會殺了我。」諾亞面有難色。

「真可惜啊，那你就好好留在格菲爾吧。」法洛迅速下了結論，臉上卻帶著笑容，一點也不像覺得可惜的樣子。

大教堂外，散場的人潮依然洶湧，希爾和法洛身在其中不免有種要被淹沒的感覺。

突然，希爾一個不小心撞到一名披著斗篷的人，對方身形偏了一下，似乎差點跌倒。

「對不起！」棕髮的魔法學徒急忙道歉，卻在看到對方的模樣時怔住了——

因爲這一撞，那人露出了兜帽下的藍髮，和充滿笑意的雙眼。

希爾和藍髮青年眼神交會，立刻驚呼：「你是——」

「噓！」藍髮青年阻止希爾說出他的名字，眨了下眼，「那小子看起來挺有模有樣的，法洛也很有精神，我可以放心了。」

「等等……」

沒等希爾說完，藍髮青年一個扭身就混入人群中，迅速失去了蹤影。

法洛目送著納特離開後，收回視線，發現希爾一臉惆悵，於是安慰道：「以後總有機會再遇見的。」

希爾只能點點頭，對於法洛的鎮定感到疑惑：「你見到納特不意外嗎？」

法洛微微勾起嘴角：「我早就猜到他會回來看伊恩。」

「怎麼猜到的？」希爾不解。

「十五年養成不容易，怎麼會不想看一下？」

「這句話是不是哪裡怪怪的？」

「你想太多了。」

法洛和希爾返回了宿舍，因爲期末考已經過去兩週，宿舍裡只剩下幾個學生，顯得有些冷清。

由於這學期法洛又買了各種千奇百怪的東西，雖然傳說中的惡龍很有良心地拿出了珍貴的空間收納戒指，但爲了分類的問題，希爾仍是費了一番工夫才把行李整理好，最後總算在午後三點一刻離開宿舍。兩人一同經過中軸大街，往城門走去，沒想到卻在城門邊瞧見幾張熟悉的面孔。

「你們怎麼在這裡？」希爾好奇地問，又看看好友們身上的行囊，「你們約好了要一起出去玩嗎？」

「我爸說是男子漢就該出去闖一闖。」諾亞的口吻充滿豪情壯志。

「出去歷練比在家裡和魔法師對練更有助益。」海曼抬了抬下巴，自認理由正當。

「拍賣會沒有我也可以經營得很好。」尼爾語調輕鬆。

三人說完，一同來到希爾和法洛身邊，一副要加入隊伍的樣子。

「你們是要和我們一起去遊歷嗎？」希爾不敢置信地問。

「當然！我才不想留在格菲爾賣一個寒假的鹹派。」

「不然我在這裡站那麼久是爲了什麼？」

「請讓我們加入。」

「當然沒問題！」希爾驚喜之下脫口答應，說完才想到應該問問法洛的意見，「法洛應該也覺得人多比較好吧？」

法洛其實覺得人太多很麻煩，可是見希爾這麼期待，他只好點點頭，勉強同意了。

「太好了！歡迎你們加入！」

「法洛是不是不太樂意的樣子？」

「誰知道？他就算開心也不會直說。」

「法洛的意思只有希爾看得出來吧？」

「管他的！反正都讓我們加入了。」

傳說中的惡龍假裝沒聽見朋友們的竊竊私語，和希爾一起走在隊伍前頭。

剛出城門，他們便聽到後面有人騎著馬追來：「等等！」

眾人轉頭一看，恢復平民打扮的伊恩對朋友們露出熟悉的笑容：「加我一個吧！好不容易才出來的，差點就趕不上了。」

「伊恩！」諾亞開心地飛奔過去，給了好友一個大大的擁抱。

「好好的王子不當，溜出來做什麼？」海曼忍不住小聲發牢騷。

「看來要和王子殿下一起冒險了。」尼爾淡淡地感嘆。

王子殿下是問題嗎？你們都和傳說中的惡龍一起組隊了，還怕什麼？希爾不禁吐槽，當然，這話他只敢在心裡說。

「還要不要走？」法洛在前方回頭望向脫隊的夥伴們，眉頭微微皺起，有些不耐。

「來了！」五人齊聲回應，笑著跟上。

於是，意外組成的法洛小隊踏上了屬於他們的冒險旅程，旅途上會有新奇好玩的人事物，也可能遭遇無法預知的危險。儘管如此，他們堅信只要有彼此在，肯定都能一一克服。

後記　他們的故事還在繼續

這次依然沒有買到《第三次寫後記就上手》，而且法洛、希爾都和朋友們去玩耍，順便冒險了，找不到嘉賓訪問，作者只好自己來面對後記。

《英明的惡龍閣下》這個故事總算到了尾聲。

在二〇一七年寫下第一集大綱時，只想著要參加POPO華文大賞，儘管不斷在腦海裡描繪著故事裡人物的互動和各種場景，卻沒想過眞的能變成有著美美封面的實體書——更何況是三本。

三集的故事，以事件區分的話算是兩個大事件。第一集是賴利教授的最後一堂課，第二、三集則是阿爾法特的禮物。

賴利教授的最後一堂課教的是什麼？我想，當然絕對不是亡靈魔法。說起來是有點同情賴利教授的，即便他是第一集的反派擔當。

要有多愛一個人，才會無法接受對方的逝去？肯定已經爲愛癲狂、病入膏肓了吧？一個執教理論學科的學院教授，按理來說應該非常理性，可是他卻有著極度的偏執。被這樣的人深深愛著，他的妻子究竟是幸運抑或不幸？

而被冠以惡龍之名的法洛，在面對所愛命危時，選擇的卻是分享自己的生命力。

當然，兩者的能力落差是個問題，在放不下重要之人的狀況下，他們都盡力做了自己所能做的。這裡無意比較雙方高低，只是賴利也許愛自己多一點，而法洛沒把自己看得那麼重要——這大概就是爲什麼法洛討人喜歡的原因吧？儘管他驕傲又自以爲是，時不時愛使喚人，但是被他劃入保護範圍裡的生命，他就會不計代價地守護。

法洛是惡龍嗎？每個人的答案可能都不同。

對於所謂的善惡，人們的認定往往都是主觀的，第三集裡關於正義的那場考驗，也隱隱呼應著這個議題。

第二、三集是爲了解開許多小蝴蝶讀完第一集後的疑惑，劇情的構想來自於——有著勇者稱號的阿爾法特，怎麼會無良地把後代子孫賣給惡龍？

既然要追溯到千年前，就不能不讓過去和現在時空的人們交互影響，一番思考後，這次的事件就成形了。可惜沒讓法洛有機會帥氣地打敗很多人，不過在中軸廣場施展大型時間魔法還是挺帥的，即使是令人傷心的展開。

不知道有沒有人發現，第一集是法洛選擇了希爾，而第三集的最後是希爾選擇了法洛，就情感方面，應該已經圓滿了。想拉燈的就拉燈，作者不反對。

看完這個故事，你們有辦法回答以下的問題嗎？

阿爾法特到底是好人還是壞人？

亞瑟算不算壞人呢？

伊芙琳公主是壞人嗎？

莉莉絲是壞人嗎？

安東尼王子是眞的沒有選擇嗎？

似乎每個人都在做自認正確的事，守護著自認該守護的。

雖然我覺得輕鬆看故事就可以了，然而若能額外引起讀者一點感觸、激盪思考，也是很好的。有任何心得想法都可以和我分享，歡迎到POPO書本頁和粉專留言。

故事結束了，但法洛和希爾愉快（？）的主僕（？）日常仍在不斷上演，他們未來的生活也充滿各種挑戰，希爾期待的安穩日子在遇見法洛之後，注定變成一種奢侈。

小說有完結的時候，但他們的故事還在繼續，希望這個故事能活在小蝴蝶們的心裡，偶爾在不經意間的一瞬想起。

如果可以的話，請和同學或朋友們分享這個故事吧，讓更多人認識法洛和希爾，一起陪伴他們經歷歡笑和淚水。

謝謝出版社的總編輯、責編和每一位幕後小精靈，沒有你們的支持和辛勞，這個故事就沒辦法變成實體書出現在大家面前。謝謝高橋麵包老師完美詮釋法洛、希爾的形象，也將故事裡的場景非常漂亮地呈現出來。

最感謝的是把這本書帶回家的你們，你們的支持是我持續創作的最大動力。

希望這個故事能陪大家度過一段愉快的閱讀時光。

林落

國家圖書館出版品預行編目資料

英明的惡龍閣下. 3 : 與終於堪用的契約者 / 林落著. -- 初版. -- 臺北市 ; 城邦原創出版 : 家庭傳媒城邦分公司發行, 2020.01
面 ; 公分

ISBN 978-986-98071-5-9（平裝）

863.57 108015086

英明的惡龍閣下03（完）與終於堪用的契約者

作　　者／林落
企 畫 選 書／楊馥蔓
責 任 編 輯／陳思涵、陳美靜

行 銷 業 務／林政杰
總 編 輯／楊馥蔓
總 經 理／伍文翠
發 行 人／何飛鵬
法 律 顧 問／元禾法律事務所　王子文律師
出　　版／城邦原創股份有限公司
台北市中山區民生東路二段 141 號 6 樓
電話：(02) 2509-5506　傳眞：(02) 2500-1933
E-mail：service@popo.tw
發　　行／英屬蓋曼群島商家庭傳媒股份有限公司城邦分公司
聯絡地址：台北市中山區民生東路二段 141 號 11 樓
書虫客服服務專線：(02) 25007718．(02) 25007719
24小時傳眞服務：(02) 25001990．(02) 25001991
服務時間：週一至週五09:30-12:00．13:30-17:00
郵撥帳號：19863813　戶名：書虫股份有限公司
讀者服務信箱 email：service@readingclub.com.tw
城邦讀書花園網址：www.cite.com.tw
香港發行所／城邦（香港）出版集團有限公司
地址：香港灣仔駱克道 193 號東超商業中心 1 樓
email：hkcite@biznetvigator.com
電話：(852)25086231　傳眞：(852) 25789337
馬新發行所／城邦（馬新）出版集團 Cité(M)Sdn. Bhd.
41, Jalan Radin Anum, Bandar Baru Sri Petaling,
57000 Kuala Lumpur, Malaysia.
電話：(603) 90563833　傳眞：(603) 90576622
email:services@cite.my

封 面 插 畫／高橋麵包
封 面 設 計／蔡佩紋
印　　刷／漾格科技股份有限公司
電 腦 排 版／陳瑜安
經 銷 商／聯合發行股份有限公司
客服專線：(02)2917-8022　傳眞：(02)2911-0053

■ 2020 年 1 月初版　Printed in Taiwan
■ 2023 年 3 月初版 2.6 刷

定價 / 250元

ISBN　978-986-98071-5-9